KB260082

40년 묵은 약속

40년 묵은 약속
김철 자전에세이

초판 인쇄 | 2011년 05월 20일
초판 발행 | 2011년 05월 25일

지은이 | 김 철
펴낸이 | 신현운
펴낸곳 | 연인M&B
기 획 | 조민경 여인화
디자인 | 이수영 이희정
등 록 | 2000년 3월 7일 제2-3037호
주 소 | 143-874 서울특별시 광진구 자양동 (680-25호(2층)
전 화 | (02)455-3987 팩스 | (02)3437-5975
홈주소 | www.yeoninmb.co.kr
이메일 | yeonin7@hanmail.net

값 12,000원

ⓒ 김 철 2011 Printed in Korea

ISBN 978-89-6253-095-7 03810

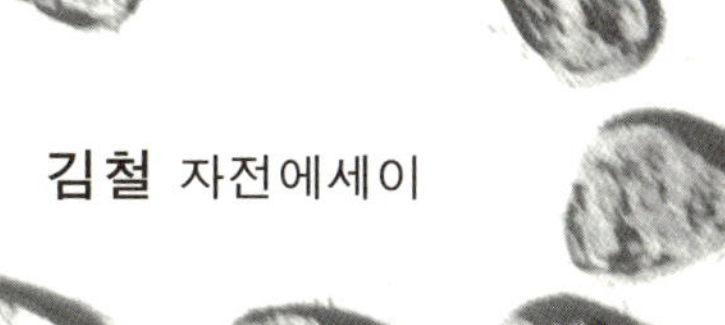

김 철 자전에세이

나는 이 책을
아버지와의 약속을 지키지 못한
아들의 죄송스러운 마음을 함께 담아서 썼다.

"그렇다면 더 큰 이상을 품어야 한다.
돌아오면 꼭 나라를 위해
더 크게 일해야 한다."는 말씀으로
아버지는 유학을 허락하셨다.
나는 "꼭 그렇게 하겠다."고 약속 드렸다.
아마 눈을 감는 순간까지도
아들이 약속을 지켜 줄 거라
믿으셨을 텐데
안타깝게도
나는 그 약속을 지키지 못했다.
……

나는 이 책을 아버지와의 약속을 지키지 못한
아들의 죄송스러운 마음을 함께 담아서 썼다.
은퇴를 앞두고 마음에 여유가 생기면서
아버지, 어머니를 비롯해
나를 낳고 키워 준 땅과
이 땅의 역사, 함께했던 사람들이
얼마나 소중한지 새삼 가슴이 저려 왔다.
사그라드는 기억들을 긁어모아
이 책을 쓰게 된 데는
그 가슴 저림이 큰 계기가 되었다.

40년 묵은 약속

연인 M&B

"철이 온대요." 소리에 의식을 회복하신 아버지

"철아, 아버지께서 쓰러지셨다. 의식이 없으셔."

전화기 너머의 형님 목소리는 다급함과 안타까움에 떨고 있었다. 국제전화 한 통에 4~5달러나 했던 시절이니 사실 웬만큼 다급하지 않으면 전화가 올 리도 만무했다.

"곧 들어갈게."

이것저것 물을 겨를도 없이 급히 전화를 끊었다. 웬일인지 가슴 한켠에서 '쿵' 하고 내려앉는 느낌 때문에 전화기를 더 붙들고 있을 수도 없었다. 서둘러 귀국을 했다.

비행기에서 내리자마자 곧장 아버지에게 달려갔다. 아버지는 다행히 의식을 회복하신 후였다. 예상과는 달리 병상의 아버지 모습은 평화로워 보였다. 어머니와 형들이 오히려 환자가 다 되어 있었다. 나를 보신 아버지는 입가에 엷은 미소를 지었지만 두 눈에서는 조용히 눈물이 흘러내렸다. 나는 힘없이 늘어져 있는 아버지의 손을 잡아 드렸다. 내 눈에서도 눈물이 후두둑 떨어졌다.

어머님은 평소처럼 말씀이 없었지만 형제들은 내가 아버지를 살렸다고 말했다. 며칠째 의식이 없던 분이 통화 후 "철이 온대요." 말씀 드렸더니 거짓말처럼 깨어나셨다는 것이다. 그러나 그런 말은 귀에 들어오지 않았다. 아버지가 살아 계신 게 그저 고마울 뿐이었다.

어느 아들인들 그러지 않을까만은 나에게 아버지는 정말로 특별한 분이다. 살아 계실 적 아버지는 나의 현명한 멘토였으며 든든한 버팀목이었다. 사춘기 이후 나는 늘 크고 작은 일을 아버지와 의논했고, 아버지는 때마다 내 말을 귀 기울여 들으시곤 큰 지혜를 빌려 주셨다.

1978년 작고하셨으니 20년 넘는 세월 아버지가 부재하는 생을 살아 왔지만 그 세월 동안도 아버지는 내 삶의 구석구석에 지대한 영향을 미쳤다. 그분과 나눈 수많은 대화들, 그 대화 속에 오갔던 삶의 지혜와 당부 같은 것들이 순간순간 커다란 지침이 되어 내 삶을 이끌어 나갔다.

다른 형제들이 들으면 서운할지 모르겠으나 7남매 중 셋째인 나에 대한 아버지의 기대는 남달랐다. 내게는 집안의 역사며 돌아가는 얘기를 스스럼없이 하셨고, 대학에 입학할 때는 입학식 전날 서울에 올라오셔서 허름한 여관방에 함께 누워 '장차 이 집안을 어떻게 이끌 것인가', '이 나라를 위해 무엇을 할 것인가' 조언하셨다. 졸업식 때도 마찬가지로 장소만 호텔방으로 바뀌었지 밤을 새워 나의 미래와 가족의 미래, 이 나라의 미래에 대하여 함께 고민하고 의논했다.

병상에 계신 아버지를 뵙는 순간 나는, 왜 아버지께서 "철이 온대요." 소리에 죽을 힘을 다해 기운을 차렸는지 알 수 있었다. 두 분의 형은 당신 가족을 건사하기도 급급한 상황이니 아직 자리잡지 못한 동생들과 어머니를 내게 맡기고 싶으셨던 것이다. 나를 보자마자 흘린 눈물에서 나는 이미 그분의 뜻을 읽을 수 있었다. 나중에 들은 얘기지만 평소에도 어머니께 "나 죽으면 철이네 가서 살어." 하셨다 한다.

그러나 나는 아버지의 임종을 지키지 못했다. 귀국 후 내내 아버지 병상을 지키며 수발을 했고 숨찬 목소리로 내뱉는 몇 마디 당부 말씀을 귀 기울여 들었다. 하지만 박사과정을 마치기 위한 시험날이 다가와 하는 수 없이 미국으로 돌아갈 수밖에 없었다. 아버지도 계속 학업을 걱정하며 "들어가라, 들어가." 하셨다.

나는 1969년 미국으로 유학을 떠났다. 유학 생활 동안 결혼해 아이 둘을 낳았고, 아버지가 돌아가신 후에는 대학에 재학 중이던 막내 여동생을 빼고 나머지 세 형제를 미국으로 불러들였다. 아버지가 작고하시기 전까지는 얼른 박사과정을 마치고 한국에 돌아오는 게 급선무였지만 처음 계획과 달리 형제들과 함께 낯선 미국 땅에 정착하게 된 것이다.

2010년 서울, 하 수상한 날씨

2010년은 한 해 중 절반 이상을 한국에서 지냈다. 그 전에도 간혹 한 보름씩 귀국해 머문 적이 있지만 이렇게 긴 시간을 서울 하늘 아래서 보내기는 처음이다. 1969년에 유학길에 올랐으니 실로 40년 만의 장기 체류인 셈이다. 개인적으로는 감개무량한 일이 아닐 수 없었다.

하지만 오랜만의 서울 날씨는 꽤나 변덕스러웠다. 봄빛이 한창이어야 할 4, 5월까지도 예고 없이 찬바람이 불어와 겨울 외투를 걸치게 했다. 여름엔 또 어땠던가. LA와는 달리 다습 고온의 날씨가 숨 쉬기

조차 힘겹게 하는 날이 계속되었다. 또 한편으로는 시도 때도 없이 내리는 폭우로 마음까지 울적한 날들이 꽤 많았다. 70이 다 된 노구를 이끌고 익숙한 가구 하나 없는 휑한 오피스텔에서 그 어느 해보다 변덕스럽다는 서울 날씨를 버티는 일은 생각보다 쉽지 않았다.

누구라도 들으면 웃을 일이지만 4월 초, 연휴로 상점들도 문을 달아 거리가 텅 빈 어느 날엔가는 오피스텔에서 창밖을 내다보며 울었던 적도 있었다. 산책 삼아 한강변을 거닌다는 것이 찬바람만 실컷 맞고 오슬오슬 떨며 오피스텔에 들어서려니 서글프기 짝이 없었다. 집이 없는 것도 아니고 자식새끼가 없는 것도 아닌데 내가 왜 여기서 칼바람을 맞고 있나, 생각하니 순간 눈물이 주루룩 흘러내렸다.

집에 가고 싶었다. 창밖으로 내려다보이는 대로에는 몇 대 안 되는 차들이 자유롭게 씽씽 달리고 있었다. 한강을 넘어 그 차들이 달리는 방향으로 내달으면 금세 인천공항에 도착할 수 있었다. 티켓이야 공항에서 끊어도 될 일이니 되도록이면 제일 빠른 비행기를 잡아타고 LA로 돌아가고 싶었다.

이곳을 떠나 미국으로 돌아간다 해서 누구 하나 말릴 사람도 없었다. 내가 간다면 크게 아쉬워할 것이 분명한 친구들에게는 다음을 기약하며 전화 몇 통 돌리면 될 일이었다. 건강을 염려하며 처음부터 서울에서의 장기 투숙을 반대했던 아내는 지금 당장 들이닥쳐도 어서 오라며 두 팔 벌려 나를 반길 것이 분명했다. 그런데 나는 주책없이 눈물 콧물 흘리면서도 돌아갈 수가 없었다.

내게는 더 나이가 들기 전에, 나의 뇌가 총명함을 잃기 전에 꼭 해야 할 일이 하나 있었다. 그것은 다름 아니라 우리 가족의 역사를 한 번쯤 되짚어 정리하는 일이었다. 한 십 년 전쯤, 은퇴를 앞두고 계획했던 이 일을 제대로 해내기 위해 수상한 날씨를 버티며 서울에 머무르게 된 것이다.

이 일은 달랑 몇 백 달러를 쥐고 유학길에 오르면서도 포부만은 남달랐던 젊은 시절 '김철'과의 약속을 지키는 일이었다. 동시에 그 젊은이를 누구보다 아끼고 믿어 주셨던 아버지와의 약속을 지키는 일이기도 했다. 십 년을 별러, 서울 하늘 아래서 지금 내가 그 일을 하고 있는 것이다. 그러니 그 어떤 핑계로도 쉽게 발걸음이 돌려지지 않을 수밖에.

그렇다고 우리 집안이 무슨 왕조의 후손쯤 되는 대단한 가문이어서 집안 내력을 꼭 기록해야 할 역사적 사명감 같은 것이 있었던 것은 아니다. 다만 잠깐의 유학길에 올랐다가 미국에 눌러앉아 40여 년을 살면서 '뿌리 의식'이라는 것이 한 사람의 인생에 얼마나 중요한지 절감했기에 우리 집안, 나의 뿌리를 갈피갈피 살펴보고픈 욕망이 자연스럽게 내 안에 자리잡게 된 것이다.

40년 묵은 약속

아버지께서는 내가 유학을 마치고 돌아온 후에는 정부의 핵심 요직을 맡아 한국 사회의 발전에 직접적으로 기여해야 한다고 생각하셨다.

그때까지만 해도 대한민국은 무척 가난한 나라였다. 박정희 대통령이 1962년부터 경제개발 5개년 계획을 단계적으로 시행했지만 여전히 GNP 2천 달러를 조금 넘는 개발도상국이었다. 이런 상황에 대학원을 졸업하고도 미국까지 건너가 더 공부를 하려는 데는 개인적인 욕심을 넘어선 이상(理想)이 있어야 한다는 게 아버지의 지론이었다. 나도 그런 아버지의 지론이 옳다고 생각했다.

요즘 젊은 세대는 이해하기 힘들겠지만 일제강점기를 경험한 우리 아버지 세대와 6.25전쟁을 경험한 나의 세대까지는 '나랏일' 걱정을 참 많이 하고 살았다. 그래서 개인의 삶을 계획할 때도 '어떻게 하면 이 나라에 보탬이 되는 삶을 살 수 있을까' 염두하며 진로를 탐색하곤 했다.

대학에서 농업경제학을 전공하게 된 것도 "아직 우리나라는 농업 국가이니 농업정책이 제대로 되어야만 다른 산업도 안정되게 발전할 것이다."라는 아버지의 혜안에 영향받은 바 컸다. 공부깨나 하는 인재는 고시를 통해 법관을 꿈꾸던 시절이었다. 하지만 아버지는 "나라가 발전하지 않으면 개인도 없다."는 말씀을 자주 하시며 농경제학과를 선택한 아들을 독려하셨다.

나는 서울대학교 농경제학과 대학원 시절 '경제개발 5개년 계획 농업정책 분야' 프로젝트에 동참할 기회가 있었다. 내가 참여했던 프로젝트는 한국·이스라엘 협회와 관련된 일이었다. 그 시절 이스라엘의 키브츠는 한국 농업이 모델로 삼고 있는 공동체였다. 실제로 '새마을 운동'은 키브츠의 영향을 받은 바 크다.

그때 경제계획을 위한 미국의 자금이 USOM이라는 단체를 통해 한국으로 유입되었다. 그 프로젝트를 진행하며 USOM의 고문이었던 리그 박사와 여러 차례 접촉할 기회가 있었다. 그때는 정부가 경제개발에 관한 정확한 모델 없이 5개년 계획을 시작한 상태여서 실제 경제계획을 진행하는 데는 우왕좌왕 시행착오를 거듭하고 있었다.

리그 박사를 통해 들여다본 선진국의 경제 시스템은 개발도상국의 청년을 고무시키기에 충분했다. 더 공부해야 했다. 경제적인 형편은 녹녹치 않았지만 가서 부딪치면 될 것 같았다. 젊음의 패기가 나를 부추겼다.

처음에 아버지는 유학을 반대했다. 피치 못할 사정으로 일찍 퇴직했지만 오랫동안 공직에 계셨기에 "자리를 비우면 기회도 오지 않는다."는 관료 사회의 관행을 말씀하셨다. 하지만 나의 결심에는 변함이 없었다. "실력만 갖추면 언제든 기회는 오기 마련 아니겠습니까." 하며 아버지를 설득했다. "그렇다면 더 큰 이상을 품어야 한다. 돌아오면 꼭 나라를 위해 더 크게 일해야 한다."는 말씀으로 아버지는 유학을 허락하셨다.

나는 "꼭 그렇게 하겠다."고 약속 드렸다. 아마 눈을 감는 순간까지도 아들이 약속을 지켜 줄 거라 믿으셨을 텐데 안타깝게도 나는 그 약속을 지키지 못했다.

추억과 소망이 함께 담긴 책

이 나이가 되면 누구나 삶이라는 게 계획한 대로, 염원하는 대로만 흘러가는 게 아님을 안다. 그저 인연 따라 저절로 어디엔가 가 닿는 것이 인생임을 알게 된다. 그래서 오히려 살아가는 일이 그 어느 때보다 편안해지고 아침, 저녁 "감사합니다." 하는 기도가 절로 흘러나온다.

그러나 때때로, '가지 않은 길'에 대한 회한과 '지키지 못한 약속'에 대한 안타까움이 폐부를 찌를 때가 있다. 그럴 때는 어쩔 수 없이 속수무책의 느낌이 되어 한동안은 정신을 차릴 수 없는 것도 사실이다.

　내가 이 땅을 떠나 있는 동안 대한민국은 GDP 2만 달러가 넘는, 세계로 도약하는 경제 대국이 되었다. 많은 사람들의 희생과 노력으로 정치적인 면에서도 민주주의가 제자리를 잡고 있다.

　그렇게 되기까지 터럭 하나 보탠 것은 없지만 늘 귀를 태평양 너머로 열어 놓고 고국의 발전에 함께 기뻐하고, 안 좋은 일에는 함께 슬퍼했다. 그리고 그때마다 아버지를 떠올리면서 마음 한켠에 죄송스러움이 스물스물 기어올라오는 것을 속절없이 바라보곤 했다.

　나는 이 책을 아버지와의 약속을 지키지 못한 아들의 죄송스러운 마음을 함께 담아서 썼다. 은퇴를 앞두고 마음에 여유가 생기면서 아버지와 어머니를 비롯해 나를 낳고 키워 준 땅과 이 땅의 역사, 함께했던 사람들이 얼마나 소중한지 새삼 가슴이 저려 왔다. 사그라드는 기억들을 긁어모아 이 책을 쓰게 된 데는 그 가슴 저림이 큰 계기가 되었다.

　책을 쓰기 위해 친척 어른들과 형제들을 만나 인터뷰를 하면서 또 한 번 절절하게 가슴이 저려 왔다. 그분들의 기억을 통해 내가 몰랐던 집안의 새로운 면도 많이 발견했고, 추억을 함께 더듬으면서 행복한 시간도 보냈다. 무엇보다 지금의 내가 결코 나 혼자만의 힘으로 이루어진 존재가 아님을 재차 확인할 수 있는 좋은 기회였다.

재작년에 손자가 태어나면서 나는 명실공히 할아버지가 되었다. 미국에 와서 벌써 삼 대째에 이른 것이다. 늘 한국 얘기를 듣고 자란 내 아이들과 달리 그 아이는 아마도 완전한 미국 사람이 될지도 모를 일이다. 그거야 어쩔 수 없는 일이라 할지라도 나의 손자, 그 손자의 손자까지가 자신의 뿌리가 든든함에 자긍심을 갖고 다민족국가인 미국에서 굳건하게 살아갈 수 있기를 희망한다.

이 책이 그 아이들의 자긍심을 북돋는 데 작으나마 힘을 보탤 수 있으면 좋겠다.

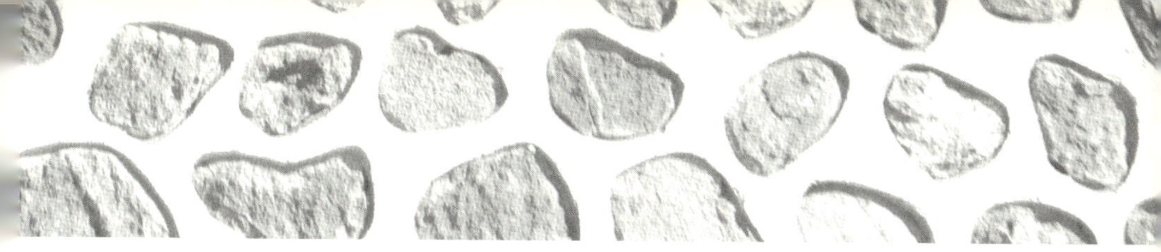

제2장 나를 키운 사람, 공간

철 따라 꽃이 피니 열매 또한 풍성하고

제3장 나를 기른 시간, 역사

누군들 비운의 역사를 비껴 갈 수 있으랴

제4장 나와 함께한 사람들

뿌리 깊은 나무, 바람에 흔들리지 않고

제1장 나의 뿌리

아버지 날 낳으시고, 어머니 날 기르실 때

아버지, '한벽루'에 올라 바이런을 읊으시다

아버지는 낭만적인 분이었다. 새벽마다 하루도 빼놓지 않고 등산을 즐기신 아버지는 오목대를 지나 한벽루에 다다르면 꼭 시 한 수를 읊곤 하셨다. 때로는 우렁차게, 때로는 나지막히 새벽 공기를 가르는 아버지의 목소리에 산(山)도 새도 잠을 떨치고 일어났다. 우리 형제들은 소동파에서 바이런까지, 동서를 넘나드는 대가들의 시를 아버지의 목소리를 통해 듣고 배웠다. 막내 여동생은 아직도 아버지가 즐겨 읊던 바이런의 시를 기억하고 있었다.

이제는 더 이상 헤매지 말자
이토록 늦은 한밤중에
지금도 사랑은 가슴속에 깃들고
여전히 달빛은 훤하지만

전주천이 한눈에 내려다보이는, 깎아지른 절벽 위의 한벽루는 조선 시대부터 많은 시인들이 곳곳에서 찾아와 시를 짓고 읊으며 풍류를 즐기던 누각이다. 고교 시절 아버지와 함께 한벽루에 자주 올랐던 여동생은 눈을 지그시 감고 시를 읊던 아버지의 모습이 어느 유명 배우 못지않게 멋있었노라 회고했다.

"기분이 좋으실 때는 영어 원문으로 바이런을 읊으셨는데……."

멋을 아는 아버지를 둔 덕에 친구들로부터 한껏 부러움을 샀던 여고 시절을 돌아보며 여동생은 흐뭇한 마음이 되는 듯 미소 지었다.

평소에도 낭만적인 표현을 자주 섞어 쓰시고 문장도 유려했던 아버지는 어려운 시대, 7남매를 키우면서도 낭만적인 모습을 잃지 않았다. 대학 입시를 앞두고 밤샘 공부를 하던 시절, 가끔씩 창밖에서 들려오던 아버지의 하모니카 소리에 가슴 뭉클했던 기억이 새삼 떠오

른다. 낭만주의 시인 바이런처럼 아버지도 이곳저곳을 떠돌며 자유
롭게 살고 싶었던 것은 아니었는지.

전라북도 정읍에서, 한일강제병합 5년 후인 1915년에 태어난 아버
지(김학규(金學奎), 1915~1978)는 5.16 쿠데타 후 강제 퇴직 때까지
줄곧 공무원 생활을 하셨다. 할아버지도 군수를 지내셨고, 큰아버지
는 검사로 계셨으니 2대가 모두 공직에 종사한 셈이다. 큰아버지는
5.16 쿠데타 후 강제 퇴임되면서 변호사로 개업했다.

낭만적인 아버지가 공직에 처음 발을 들인 것은 사실 당신 뜻은 아
니었다. 일제 말엽, 만주사변(1931년)에 중일전쟁(1937년)까지 일으
킨 일제는 웬만한 청년들을 학도병으로 끌고 갔다. 그런 현실 속에서
징병을 피해 아버지가 찾은 최선의 대안이 고향(수금-당시 정읍, 정
우면의 면소재지)에서의 공직 생활이었던 것이다.

47세의 이른 연세에 퇴직을 한 아버지는 이후 다른 직업을 갖지 않
았다. 오랜 시간 실업 상태였던 셈인데 우리 형제들은 아버지를 늘
바쁘셨던 분으로 기억한다. 퇴임 후에도 지인들과의 교류가 이전만
큼 활발했고, 여기저기 불려 다니며 자문위원 역할을 했기 때문에 한
가할 틈이 없으셨던 것이다. 그도 모자라 우리 집 사랑방은 이러저러
한 자문을 구하려 들른 아버지 손님들로 늘 북적대곤 했다.

전주고보에 입학한 후 항일 학생운동에 참가했다 퇴학을 당한 아버
지는 고창고보로 전학을 했으나 졸업은 서울의 중동학교에서 했다.
할아버지께서 중동학교에 근무하던 윤제술 선생(이승만 정권 시절
국회 부의장 역임)과 친분이 있어 그분을 믿고 아버지를 맡기신 것이

다. 고창고보나 중동학교 모두 당시에는 민족정신이 강한 학교로 유명했다.

아버지의 낭만성은 중동학교 시절부터 서서히 싹이 텄던 것 같다. 한번은 할아버지께서 공무차 서울에 왔다가 느닷없이 아버지를 방문하셨는데 그때 방에서 바이올린을 발견하시고는 격노한 나머지 바이올린을 부엌으로 냅다 집어던져 부숴 버렸다 한다. 고향에서는 그래도 공부깨나 하고 항일운동에도 나서는 등 싹수가 보여 믿고 서울로 보냈는데 다른 것에 정신이 팔려 있는 걸 보니 화가 나신 모양이다. 더구나 신식 문화를 받아들여 음악을 한다니까 요즘 말로 '딴따라 짓'을 한다는 생각에 역정을 크게 내셨다 한다.

나도 중학생 때 아버지의 젊은 시절 사진을 보고는 적잖이 놀란 적이 있다. 사진 속의 아버지는 친구들과 함께 통기타를 치며 노래를 부르고 있었다. 아버지가 청춘을 보낸 일제강점기의 분위기와 사진 속 분위기가 어딘지 걸맞지 않은 느낌 때문에 잠시 당황한 기억이 있다.

하지만 우리 형제들은 아버지의 낭만성에 여러 모로 큰 혜택을 입으며 자랐다. 작은형은 아버지가 따로 주신 돈으로 영화를 자주 봤던 기억을 떠올렸다. 어머니는 공부하는 데 꼭 필요한 돈 이외에는 주머니를 열지 않는 분이었다. 심지어 학교에서 단체로 영화 관람을 한다해도 "그런 것은 너희가 알아서 해라." 말씀하셨다.

형들이나 나나 아버지를 닮아서 그랬는지 사춘기 시절에는 문화적인 것에 관심이 많았다. 그래서 새로운 영화가 시작되면 아버지가 계신 전북도청으로 달려가는 게 순서였다. 거짓말을 보탤 것 없이 "극장에 가려구요." 말씀드리면 아버지는 영화비와 빵값 정도를 언제든지 원조해 주셨다.

크리스마스 때는 친구들을 집으로 불러 한바탕 파티를 벌이기도 했다. 당시 우리 집에는 LP판 10장을 한꺼번에 걸어 놓으면 자동으로 하나씩 판이 내려와 연속적으로 음악을 들을 수 있는 지너스 전축이 있었다. 아버지께서 서울에서 특별히 사 오신, 전주 시내에 딱 한 대밖에 없는 전축이었다.

친구들은 함께 공부한다는 핑계로 우리 집에 자주 들락거렸다. 전축도 신기한 데다 클래식이며 팝송 LP판이 그득하니 모여서 팝송을 듣고 따라 부르는 것이 좋았던 것이다. 크리스마스 파티는 그동안의 우리들 모임이 절정을 이루는 시간이었다. 형제들이 방 하나씩을 차지하고는 특별히 여자 친구들까지 초대해 밤새 놀 수 있었으니 흥겨울 수밖에 없었다.

"오빠들은 방방이 여자 친구들까지 불러 노는데 딸들은 크리스마스에 나가지도 못하게 하고 파티에 끼지도 못하게 해서 여간 서운하지 않았어."

영란이와 미란이, 여동생들은 아버지께 일언반구 말씀은 못 드리렸지만 크리스마스 파티 때마다 입이 댓 발은 나왔다고 한다.

"그래도 아침에 오빠들 방에서 나오는 남은 과자들이 좀 위안이 됐지."

웃으며 그때를 추억하는 미란이는 아버지의 음악적 재능을 이어받아 기타를 곧잘 친다. 대학에 들어가기 전까지는 자신이 음악에 재능이 있는 줄도 몰랐다 한다. 이화여대 약대의 기타 동호회에서 활동하며 재능을 발견한 그 아이는 교내 축제 때 전교생 앞에서 연주를 할 정도로 수준급의 실력을 갖추었다.

집이 잘 살고 못 살고를 떠나 1960년대에 이런 집안 분위기는 사실 평범한 축에 속하지는 않는다. 감사하게도 아버지께서 시와 음악을 가까이하는 낭만적인 분이었기에 형제들 모두 그 혜택을 입고 자란 것이다. 어려운 시대에 건사할 식구도 많았던 분이, 더구나 공직 생활을 그렇게 오래 하신 분이 생활 속에서 낭만성을 유지하기란 쉬운 일이 아니었을 것이다. 그런 면에서 보자면 아버지는 시간을 초월해 사신 분 같다.

그러나 다른 한편으로 아버지는 자식들에게 무척 엄한 분이었다. 10남매를 둔 큰아버지는 딸을 여섯이나 두어서 그랬는지 가끔 봬도 대하기가 편안했다. 하지만 아버지 앞에서는 어느 형제도 말을 함부로 하지 못할 정도로 아버지는 무서운 존재였다.

여동생들은 저녁 해가 지기 전에 꼭 집에 들어와 있어야 했다. 형제들끼리 고구마나 옥수수, 과일 등을 놓고 다툼이라도 벌어지면 아버지는 아무 말씀 없이 그 음식을 모두 화장실에 갖다 버리셨다. 특히 학업을 게을리하면 아주 엄중한 벌이 기다리고 있었다.

지금도 나는 '어떻게 한 사람 안에 그런 엄함과 낭만성이 평화롭게 공존할 수 있었는지' 의아스러울 때가 많다.

경숙아, 우리는 절대 감기 걸리면 안 된다

경숙이 누나는 아버지의 고종사촌 누님의 딸이다. 열두 살 때부터 우리 집에서 가사일을 도우며 함께 살았다. 그 시절에는 어려움에 처한 친척을 집안에 들여 함께 사는 게 낯선 일이 아니었다. 전주의 교동 집에 살 때는 부모님과 일곱 형제, 경숙이 누나까지 열 명이나 되는 대식구 외에도 외가, 친가 친척들이 예닐곱 명씩 사랑채에 머물며 한솥밥을 먹었다.

김제에 살았던 아버지의 고종사촌 누님은 남편이 행방불명되면서 가세가 기울자 여섯 자매 중 셋째였던 경숙이 누나를 우리 집에, 둘째를 전주의 큰아버지 댁에 의탁했다. 비록 어린 나이에 남의 집 가사일을 도왔지만 아버지나 큰아버지 두 분 다 누나들을 딸처럼 생각했다. 과년한 후에는 두 누나 모두 중매를 서 결혼도 시켰다. 우리 형제들 또한 경숙이 누나를 친 누나처럼 생각하며 자란 것은 물론이다.

"나는 참 따뜻하고 포근허니 살았어. 다들 나를 애껴 주고, 집에는 늘 웃음꽃이 피었으니까. 사람들이 다들 우리 집을 부러워했잖아. 나는 거가 진짜 친정이야. 결혼해서도 남들 친정집 드나들 듯이 힘들 때마다 교동 집을 찾아댕겼어. 그때마다 아주머니가 내 힘든 얘기 다 들어주시고……."

누나는 지금도 손자들에게 우리와 함께 살던 어린 시절 얘기를 자주 들려준다고 했다. 특별히 아버지를 추억하면서는 눈물을 보이기도 했다. 언제든지 추위가 닥쳐오면 안방의 제일로 따뜻한 아랫목에 누나의 자리를 마련해 주셨던 기억이 나 그런다고.

원래 아랫목 제일 따뜻한 자리는 아버지 자리였다. 그러나 겨울만 되면 그 자리는 경숙이 누나에게 양보하고 아버지는 윗목에 자리잡고 누우셨다. 형편이 안 되어 한 방에 아이들 몇을 데리고 자야 하던 시절에도 아버지는 늘 경숙이 누나에게 아랫목을 내주고 아이들까지 다 누인 후 맨 윗목에서 주무셨다.

아버지께서 늘 누나에게 아랫목을 양보하신 데는 속 깊은 뜻이 있었다. 경숙이 누나를 한 집안의 가장인 아버지와 비슷한 위치로 존중했던 것이다. 사실 어머니가 살림을 하면서 그 많은 식솔들을 별 탈 없이 건사할 수 있었던 데는 경숙이 누나의 노동력이 큰 힘이 되었다. 교동 시절 우리 집 살림은 누나 외에도 아이를 봐주는 10대의 도우미가 한둘 더 있었을 정도로 꽤 큰 살림이었다.

한 번은 아버지께서 출근길에 "경숙아, 몸 조심해라. 감기 조심해라. 너하고 나하고는 아프면 안 된다. 우리 식구들은 제비다. 입만 쫑

끗 하고 있으니 너하고 나하고는 아프면 안 된다." 하시면서 높은 토방을 총총히 내려가셨다 한다. 자식이 일곱이나 되는 데다 사랑채의 친척들까지, 집안 형편이 어렵지는 않았지만 가장으로서 그 많은 식구를 건사하는 게 힘에 부치셨구나 짐작이 가는 일화다.

아버지는 전라북도 정읍군 정우면사무소에서 면서기로 공직을 시작했다. 그때 할아버지는 전주에 사셨고, 큰아버지도 분가하여 전주에 살았다. 우리는 할아버지가 살던 수금리 집에 살았는데 거기에서 큰형과, 작은형, 나, 여동생 이렇게 넷이 태어났다. 할아버지는 큰형이 태어나는 것만 보고 1936년에 돌아가셨다.

수금리는 김해 김씨의 집성촌이 있는 곳이어서 친척들이 옹기종기 모여 살았다. 전라북도에는 수금리 외에도 남원군, 장수군, 임실군, 익산군 등에 김해 김씨의 집성촌이 더 있다. 수금리에는 김씨 외에도 배씨와 노씨 등 세 개의 성씨가 집성촌을 이루고 있었는데 그때는 이곳이 정우면의 면소재지였다.

아버지는 광복 직후 전주에 있던 전북도청에 들어가 운수과 배급계장(타이어 배급이 주 업무였다 한다), 행정계장, 공보계장으로 일했고, 6.25전쟁 이후에는 보건과에서 약무계장을 지냈다.

전북도청 약무계장으로 있을 때 수금에 보건소를 세웠는데 지금은 정우면소재지가 초강으로 바뀌어 면사무소며 보건소가 모두 초강으로 옮겨 갔지만 그때는 수금보건소가 중요한 역할을 했다. 모든 것을 해외에서 원조받던 시절이어서 도청 보건과의 주 업무는 외국에서 원조받은 의약품을 각지의 보건소에 보내는 일이었다 한다.

1955년경에는 양정과로 자리를 옮겨 경리계장으로 있으면서 양곡 관련 일을 했다. 이후 전주시 교육청에서 직무대리를 하던 중에 5.16 쿠데타 후 모든 공무원을 강제로 공화당에 입당시키는 것에 반대해 강제로 퇴임되었다.

작은외삼촌은 아버지가 항상 자기가 일한 곳에서 제일 중요한 부서의 보직을 담당했다고 말씀하셨다. 그렇게 된 데는 당시 검사로서 전라남북도의 여러 지청을 순례하며 근무하던 큰아버지의 보이지 않는 힘이 작용했을 거라는 것이다.

당시 정우면처럼 힘 없고 작은 면에 보건소가 세워진 것도 아버지가 밀어붙여 된 일인데 검사의 동생이 하는 일이니 누구든 그 일을 쉽게 막지 못했다고 한다. 또 6.25 후에는 먹을 것이 부족해 양곡 관련 일을 하는 양정과가 제일 중요한 부서였는데 아버지는 그 부서에서도 근무를 했다.

한편으로 일리가 있는 추측이다. 그 시절에는 검사가 상당히 높은 직책이었고, 할아버지도 군수를 지내셨으니 비록 아버지께서 최고 직급은 아니었지만 그 후광을 입은 면이 있을 것이다.

어린 시절에는 아버지께서 구체적으로 어떤 일을 하는지 잘 몰랐지만 내 기억에도 아버지 힘으로 가족의 위기를 극복한 예가 몇 번 있다.

6.25전쟁 때는 도청 운수계장으로 있었기 때문에 전주에서 고창까지 아버지가 마련해 준 목탄차를 타고 피난을 갈 수 있었다. 또 개인적으로는 친구들과 뛰어놀다가 개한테 크게 물렸을 때 광견병 주사를 맞고 병에 걸리지 않았던 기억이 있다. 그 당시 전주시에는 광견

병 예방약이 없었기 때문에 아버지가 서울로 급히 올라가 약품을 구해 오셨다. 그때 아버지가 보건과에 있지 않았다면 아마 약을 구하기 힘들었을 것이다.

공직 생활을 오래 하면서도 아버지는 아랫사람들에게 인심 잃을 행동은 하지 않았던 것 같다. 퇴직하고도 함께 일했던 분들이 자주 아버지를 찾아온 걸 보면 그렇게 짐작할 수 있다. 언젠가 아버지께 들은 얘기에 따르면 "처음 신임을 쌓을 때는 까다롭게 따지지만 그 이후 믿을 만한 사람이다 싶으면 부하 직원에게도 간섭하는 일 없이 전권을 일임했다." 한다.

"정말 많은 사람들이 집으로 아버지를 뵈러 왔는데 군수였던 중학 동창의 아버지도 자주 집에 들르셨던 기억이 나."

여동생은 늘 규칙적으로 생활하고 많은 사람들과 교류했기 때문에 아버지가 실업 상태라는 생각을 못했다고 말했다.

월급만으로는 그 큰 살림이 힘에 부쳤던지 아버지는 때때로 부업을 했다. 사랑채에 유휴노동력이 많으니 그분들과 함께 일을 도모하곤 했다.

작은외삼촌과 외사촌 형이 교동 집에 머물던 시절에는 그들과 함께 커다란 종이봉지를 만들어 큰 문구점에 납품했던 적도 있다. 또 보건과에 있을 때는 모기약 뿌리는 병에 집어넣는 나무를 친척 아저씨(풍자네 아버지, 병기)를 시켜 대량으로 생산해 납품하기도 했다. 어려서부터 군수의 막내아들로 남부러울 것 없이 살았던 분이 공무 외에도 이일 저일 찾아 했던 걸 생각하면 지금도 마음이 애잔해지곤 한다.

　사실 우리 집안은 남들이 생각하는 만큼 풍족하게 살지는 못했다. 자식들 교육비는 아끼지 않고 지출했지만 그 외의 부분은 아버지나 어머니 모두 검약한 분들이었다. 물론 아버지는 우리 형제들이 나가서 기가 죽지 않게 여러 모로 배려를 많이 했다. 하지만 어머니는 자식들에게 양말이나 겉옷은 물론 속옷까지 손수 만들어 입혔다. 솜씨가 좋아 사 입은 옷 못지않게 맵시가 났지만 나는 중학생이 되면서 새 교복을 사 입는 게 그렇게 좋을 수가 없었다. 따로 옷을 사 입어 본 기억이 없었기 때문이다.

　경숙이 누나는 어머니께 배운 알뜰한 살림 솜씨 덕분에 가난한 집으로 시집가서도 잘 버티며 살았다고 스스로를 대견해 했다. 애들 교육도 잘 시켜 지금은 남부러울 것 없이 살고 있다는 누나는 때때로 아버지 때문에 곤란했던 적도 있었노라 회고했다.

　저녁에 빨래를 다리거나 남은 일들을 하고 있으면 늘 "야야, 내일 어떻게 하려고 그러냐, 그만 들어가 자라." 하시는 통에 곤란한 적이 한두 번이 아니었다는 것이다. 때로는 할 일이 남아서 바빠 죽겠는데 라디오 드라마를 아주 재미나게 설명해 주시는 바람에 그 얘기 듣느라 일을 못 마치고 잠든 때도 있었다 한다.

　'누나에게는 평상시에도 참 다정다감하셨구나', 아들로서 서운한 감정이 밀려올 정도로 누나는 아버지 자랑을 한껏 늘어놓았다.

　"성격은 좀 까탈스러웠지만 아저씬 속이나 겉이나 참 멋쟁이었어. 보는 사람마다 아저씨를 모두 멋쟁이라고 했다니까. 살결도 하야시고 늘 말쑥하게 차려입으시고, 또 사리도 훤하시고 말씀도 유창하셨으니……."
　그 시절 아버지가 말쑥하게 차려입고 나선 그 옷들도 대부분은 어머니가 직접 정성스럽게 바느질한 수제품이었을 것이다.

"경숙아, 빨강 물든 것 봤냐? 빨강 물은 생전 안 빠지잖냐. 파랑이나 남색은 빠지지만."

어느 날, 불시에 들이닥친 고모님이 대청마루에 앉자마자 무척 화난 목소리로 이런 말씀을 했다 한다. 어머니보다 열네 살이나 위였던 고모님(김현숙, 1901~1963)은 서울로 출가를 했는데 가끔씩 예고도 없이 찾아와 보름이고 한 달이고, 원하는 만큼 있다가 돌아가시곤 했다.

고모님은 그저 친정집이라 편하게 생각했겠지만 '아무리 친정이래도 동생 집인데 좀 심하다' 싶을 정도로 당신 내키는 대로 행동을 했던 모양이다. 그래서 누나는 "에고, 그랬대요?" 하는 말로 대답 겸 인사를 대신하고는 '큰아저씨가 뭘 또 도와주셨나 보네. 이번엔 또 얼마나 있다 가실라나?' 생각하며 부엌으로 냉큼 들어가 버렸다 한다.

그때가 정확히 언제인지는 알 수 없으나 고모님이 화가 나서 그런 말씀을 했다는 건 충분히 이해가 가는 일이다. 해방 전부터 휴전 때까지 좌익 활동을 한 외삼촌들 덕에 외가댁에서는 수많은 사건이 일어났다. 외가에서 사건이 터질 때마다 당신 동생들이 이리저리 뛰어다니며 그 일을 해결하느라 분주했음을 모르지 않으니 고모 입장에서는 당연히 '빨강색'이 싫었을 것이다.

어머니(황정민, 1915~1998)는 고창군 성내면 조동리(구슬)에서 2남 3녀의 둘째, 딸로서는 첫째로 태어났다. 본관이 평해(平海)인 어머니의 집안은 예부터 그 지역의 유명한 양반 가문 중 하나로 선대에는 벼슬도 많이 했고 학자도 많이 났다.

특히 유명한 학자로 영정조 시대의 실학자 이재 황윤석(黃胤錫, 1729~1791) 선생을 들 수 있는데 선생은 『이재난고』, 『이수신편』 등 수많은 저작을 남겼다. 이들 저작에는 그때까지 한 번도 조선에 소개된 적 없는 서양의 수학과 과학이 잘 설명되어 있고, 조선 시대의 언어와 풍속에 대해서도 상세하게 기록되어 있다. 지금도 많은 학자들이 그 서적들을 계속 연구하고 있을 정도이다.

어머니와 아버지는 1931년, 열일곱 꽃다운 나이에 결혼을 했다. 친할아버지는 그때 고창에서 군수를 지냈는데 같은 해 12월에 고창 군수직을 그만두셨으니 퇴직 직전에 둘째아들을 결혼시킨 것 같다. 외할머니(유심포, 1891~1979)와 함께 오래 살았던 외사촌 형(황병규)의 말을 빌면 "두 분의 결혼은 거의 정략결혼에 가까웠던 것 같다".

그때 큰외삼촌은 일본 유학 중 좌익사상을 받아들였고 항일운동으

로 수배 중이었다. 때문에 외할아버지 (황용익(黃龍翼), 1890~1945)
께서 권력을 갖고 있던 군수 집안으로 큰딸을 시집보낸 것이다. 어려
운 시대에 '집안을 건사할 울타리가 필요하다' 판단하신 모양이다.
그 시절 외할아버지가 거느리던 식객 중 유재호라는 분이 어머니 혼
사의 매파 노릇을 했다 한다. 병규 형은 언젠가 외할머니께서 이런
말씀을 하셨다고 전했다.

"니 고모가 거기로 안 간다고 싸짊어지고 누웠드랬지 뭐냐. 그래도
김씨 집안으로 시집가길 잘했지. 사위가 얼마나 잘했는지…… 고맙
고, 또 고맙지."

어머니께서 아버지와의 결혼을 흔쾌히 받아들이지 못한 것은 그 시
절 친가가 외가보다 경제적으로 많이 기울었기 때문으로 짐작된다.
"아버지가 어머니와 혼인했다는 소식을 들은 아버지 댁 빚쟁이가 외
가를 찾아가 돈을 돌려 달라 했다."는 일화가 전해질 정도니 두 집안
의 형편이 상당히 차이가 났던 모양이다.

당시 고창 군수로 재직 중이던 할아버지는 이 혼사를 흔쾌히 받아
들였다. 대대로 명망 있는 학자 집안인 데다 외할아버지께서 이웃지
역에까지 '군자'로 통했으니 마다할 이유가 없었던 것이다. 큰외삼촌
의 일을 모르지는 않았을 텐데 그런 일은 개의치 않으셨던 모양이다.

결혼 후 어머니는 한동안 수금 시댁에서 혼자 시집을 살았다. 아버
지가 아직 서울에서 학교를 다녔기 때문이다. 큰형이 1936년생이니
어머니와 동갑내기인 아버지가 졸업 후 함께 살게 된 것은 21세 때인
1935년 무렵이었던 것 같다.

외할아버지의 바람대로 어머니는 황씨 집안의 울타리 구실을 톡톡히 했다. 안타깝게도 큰외삼촌은 너무 큰 사건에 연루되어 6.25 직선 감옥에서 옥사했다. 하지만 해방 이후부터 6.25전쟁을 거쳐 외가에서 사건이 터질 때마다 아버지는 일을 원만히 해결하기 위해 최선을 다했다. 검사였던 큰아버지와 지인들의 도움으로 사람이 상하거나 다치는 일은 큰외삼촌 사건 이후 다시는 없었다.

거꾸로 전쟁통에 인민군 세상이 되었을 때는 외가댁에서 친가의 도움을 많이 주었다. 외할머니는 피난 온 우리들을 따뜻하게 품어 주셨고 남들이 해꼬지하지 못하도록 든든하게 막아 주셨다. 막내 외삼촌과 외사촌 형들도 우리 형제들을 기꺼이 돌보며 동네 아이들이 놀리기라도 할라치면 대신 싸워 주기도 했다. 전쟁 중 공무원 집안으로, 인민군 세상에서는 소위 '반동분자'로 취급받던 우리 가족은 외가 덕분에 위기를 잘 모면하고 다시 전주로 나갈 수 있었다.

이런 결과만 놓고 보더라도 외할머니 말씀대로 아버지와 어머니의 결혼은 '잘한 혼사'였다. 외할아버지와 친할아버지 두 분 모두 혼란한 시대를 염두에 두고 긴 안목으로 혼사를 결정하셨던 것이다. 그분들의 혜안은 언제 생각해도 존경스러울 뿐이다.

일제 말 경제 상황이 바뀌고 큰외삼촌이 좌익 활동으로 투옥되면서 외가의 가세는 급격히 기울었다. 어머니는 맏이로서 책임감을 크게 느끼고 어떻게든 친정을 돕고자 물심양면으로 애를 썼다. 우리 집 사랑채에 외가댁 식구들이 들고나며 번갈아 머물렀던 것도 어머니, 아버지가 맏딸, 맏사위로서 책임을 다하려 애를 쓴 결과였다.

막내 외삼촌은 "누님은 친정을 머리에 이고 사신 분"이라며 "친정이 건재한 배경에는 매제와 사돈 양반(큰아버지를 일컬음)의 힘이 컸지." 하시며 지금도 고마워했다.

"해방 직전에는 식량난이 심각했어. 지주고 뭐고 소용이 없었어. 한 끼를 먹고살기가 어려웠지. 그때 매제는 면사무소에 있어서 여유가 조금 있었을 거야. 구슬서 수금까지 새벽에 행장을 챙겨서 사람을 몇 명 보내면 매형이 한 사람 앞에 서너 말씩 쌀을 짊어져 보내 줬어. 중간에 지서를 거쳐야 하는데 통과를 할 수 있게 조치를 다 취해서 그렇게 보내 줬지. 일제 말기에 공출이 심해서 모두 어려웠는데 우리 집은 그렇게 해서 먹고 살았어. 매형 덕분에."

외삼촌의 말씀을 빌지 않더라도 아버지가 늘 처가를 애틋하게 생각했음을 우리 형제들은 잘 안다. 요즘이야 친정, 시댁을 가르는 세태지만 그때는 처가나 친가가 너나없이 다 한 가족이었다. 처가 쪽이 몰락 위기에 처하자 생활고를 걱정하며 경제적인 도움도 아끼지 않았고, 처조카들을 집에 들여 안정되게 자리 잡을 때까지 돌봐 주곤 했다.

전쟁 후 외가가 좌익 집안으로 경찰의 주시를 받았을 때는 검사였던 큰아버지가 나서서 바람막이 역할을 해 주었다. 큰아버지는 직접 성내면 경찰서까지 찾아가 "감히 누가 우리 식구들을 건드려!" 하시며 호통을 쳤다 한다. 사상은 달랐지만 돌아가신 큰외삼촌과 막역한 친구지간이었던 큰아버지는 평소에도 사돈 조카들을 자식처럼 아꼈다.

그렇게 구슬(친가)에서 우러나오는 정이 있어서였는지 외할머니도 맏사위를 끔찍이 위하셨다. 말씀이 많지 않고 과묵했던 외할머니의 정은 때마다 아버지가 좋아하는 음식을 챙기는 것으로 드리났다.

아버지는 워낙에 타고난 미식가였는데 어머니가 해 주는 갈비를 특별히 좋아했다. 먹고사는 일이 조금 녹녹해지면서 막내 외삼촌은 동네에서 소만 잡으면 좋은 갈비를 골라 누님집에 배달하는 심부름을 도맡아 했다.

"스무 살 무렵 우연히 어떤 동네를 지나다가 소 잡는 것을 보고는 매형 생각에 갈비를 한 짝 사서 냅다 전주로 달려간 적이 있었지."

외삼촌이 다른 동네를 지나다가도 아버지의 갈비 사랑을 챙겼을 만큼 외가, 친가의 정은 어느 한쪽으로 기울 것 없이 서로 무척 돈독했다.

고창군 성내면에 가면 아직도 외할머니가 사셨던 외가댁이 세 칸의 창고까지 그대로 남아 있다. 우리 7형제는 어린 시절 방학만 하면 어김없이 구슬 외가댁으로 달려갔다. 그곳에서 여름방학, 겨울방학 일 년에 두 달씩을 외할머니의 보살핌 속에서 즐겁게 지냈다. 외가댁 위쪽에는 황윤석 선생의 종손이 살고 계셨는데 그분의 자제들과도 허물없이 오가며 뛰놀았고, 어느 방학 때인가는 동네 서당에 가서 함께 한문을 배우기도 했다.

그 댁은 지금 사람이 살지 않고 '이재 황윤석 생가(시도민속자료 제25호(전북)'로 지정되어 일반인들에게 개방되어 있다. 사랑채와 문간채는 불탔던 것을 1909년에 다시 지은 것이고, 안채는 이재 선생이 사셨던 시절의 모습 그대로 잘 보존되어 있다.

100년이 넘는 세월을 버텨 온 세 칸의 단아한 초가는 주변 경관과 어울려 꽤 운치가 있다. 그 집 대문 안쪽에 우리 집과 연결된 대문이 있어서 어린 시절 수시로 위채에 들락거리며 놀았던 기억이 있다.

외가댁에는 지금 다른 분이 살기 때문에 나는 한국에 들어올 때마다 적어도 한 번씩은 이재 생가를 찾아 어린 시절 추억에 잠기곤 한다.

권총 강도 앞에서도 의연했던 어머니

6.25전쟁이 끝난 1953년, 초등학교 6학년 때 일이다.

그때는 전주의 경기전 안에 살고 있었는데 그 집은 숲에 싸여 있는 형국으로 정문에서 집안까지가 꽤 멀었다. 우리가 살고 있던 안채는 도로 끝 맞은편 담쪽에 붙어 있었고, 경기전 담에서부터 집 뒤의 도로까지도 상당한 거리가 있었다. 정문은 경기전의 오른쪽 담벼락과 연결되어 있었는데 우리 집 담은 커다란 나무들 사이로 철조망이 쳐져 있었다. 그래서 집안까지 들어오려면 정문을 지나 나무가 우거진 꽤 넓은 정원을 지나야 했다.

집은 크지 않았지만 대청을 사이에 두고 방이 두 칸 있었고, 각 방에 부엌과 창고가 연결된 ㄷ자형 집이었다. 오른쪽이 작은방이었는데 방에 들어오자마자 큰형이 공부하는 책상이 있었고, 앉은뱅이 책상에서 나와 작은형이 공부를 했다.

그날도 여느 때처럼 나와 큰형은 공부를 하고 있었고, 작은형은 초저녁잠이 많아 고모님 옆에서 자고 있었다. 한밤중은 아니었지만 사위는 조용했고, 초여름의 상쾌한 공기를 뚫고 보슬비가 부슬부슬 내리고 있었다.

그런데 그 밤, 난데없이 어떤 남자가 신발을 신은 채 후다닥 문을 열고 뛰어 들어왔다. 화들짝 놀라 뒤를 돌아보니 아뿔싸, 그는 권총을 들고 있었다. 총구를 큰형에게 들이댄 그는 굵은 목소리로 "넌, 어리니까 이불 둘러써." 하고 내게 말했다. 나는 무서워 이불 속으로 들어가면서 자고 있는 외할머니와 작은형을 꽉 꼬집었다. 책상에 앉아 있던 큰형은 움직이지 않았지만 뭐라 반항하는 말을 내뱉었다. 외할머니와 작은형은 내가 꼬집는 바람에 깨었지만 눈치껏 이불 속에서 잠자는 척을 했다.

아마 그 남자는 우리 방이 화단에서 가까웠기 때문에 안방이 아닌 작은방으로 먼저 들어왔던 모양이다. 무서운 와중에도 이불 속에서 밖을 훔쳐보니 다시 칼을 든 남자가 하나 들어와 우리를 지켰고, 권총을 든 남자는 안방으로 빠르게 건너갔다. 그때 어머니는 막내동생을 임신한 상태여서 무서운 와중에도 걱정이 되었다.

어머니는 여섯째 동생을 재우는 와중에 권총 강도와 맞닥뜨렸다. 순간 어머니 머릿속에는 이사할 돈을 지켜야 한다는 생각밖에 없었다고 한다. 그 돈은 강도가 서 있는 뒤편의 장롱에 들어 있었다.

돈을 지키겠다는 생각이 얼마나 강했던지 어머니는 짧은 순간 틈을 봐 문 밖을 향해 "강도야! 강도야!" 하고 소리를 확 질러 버렸다. 그

소리와 동시에 우리 방에서 칼을 들고 있던 사내가 대청으로 나갔다. 잠시 후 대청을 급하게 밟고 내려가는 발자국 소리가 들렸고, 형이 안방으로 뛰어가는 것을 보고는 나도 따라 달려들었다.

어머니의 연이은 "강도야!" 소리에 강도들도 놀랐는지 이미 다들 달아난 다음이었다.

잠시 후 동네에는 사이렌이 크게 울렸다. 그때는 통금이 9시 무렵이었던 걸로 기억하는데 그 사이렌 소리는 아마 통금을 알리는 소리였던 것 같다. 겁이 많았던 작은형은 아직도 작은방에서 넋이 나간 채 꼼짝 않고 있었고, 외할머니와 경숙이 누나와 나는 어머니 옆에 붙어 앉았다.

큰형은 뒤늦게 마당에 나가 강도를 잡겠다고 빨래 바지랑을 들고는 휘둘러 댔다. 어머니는 아기를 추슬러 눕히고는 작은형을 찾았다. 경숙이 누나가 우리 방으로 가 작은형을 진정시키는 동안 어머니는 큰형을 들어오라 하고는 남은 형제들과 외할머니를 진정시켰다.

"이제 괜찮아요, 형님. 괜찮다, 다 끝났어."

얼마가 지났을까. 아직도 마음이 진정되지 않아 모두들 어머니 옆에 쪽 붙어 앉았는데 술을 얼큰하게 마신 아버지가 흥얼거리며 들어오셨다. 어머니는 아무 일 없었던 것처럼 몸을 추스리고는 평소처럼 아버지를 맞이했다. 큰형과 나는 아버지께 강도 얘기를 하고 싶어 호들갑스럽게 달려 나갔지만 어머니는 작은방으로 들어가라 눈짓을 하셨다. 아버지가 안방으로 들어간 후 집안은 언제 무슨 일이 있었냐는 듯 다시 고요한 상태가 되었다.

조금 있다가 아버지가 우리 방에 들어와 아직도 진정이 안 된 작은 형을 데리고 나가셨다. 어머니가 아버지께 이삿돈을 들려 작은형과 함께 친척집으로 피신을 시킨 것이다. 이후로 밤새 여러 명의 경찰이 드나들면서 조사를 하는 바람에 우리는 거의 밤을 꼬박 새웠다. 다음 날도 어머니는 경찰서에 가서 조서를 꾸몄고, 이후로는 아버지도 몇 번 경찰서로 법원으로 불려 다녔다. 그 밤에 찾아왔던 경찰은 여러 차례에 걸쳐 이런 말을 했다.

"절대 그런 일 있으면 소리 지르지 말고 돈을 내주십시오. 천행다 행으로 잘 넘겼지만 돈이 첫째가 아니고 사람이 우선이니 다음부터 는 돈을 내주시는 게 좋습니다."

어머니는 별 말씀 없이 고개만 끄덕이셨다.

나중에 어머니께 들으니 "나는 저 돈이 없으면 못산다."는 생각만 들었다고 한다. 그래서 와중에도 권총 든 사람의 발뒤꿈치가 뒤로 조 금 물러나는 것이 보여 순간 "강도야!"를 크게 외치셨다는 것이다. 어 머니가 말씀하시는 '저 돈'은 조금 큰 집을 마련하기 위해 모아 두었 던 돈이었다. 이미 집을 하나 계약했지만 그 집에 하자가 있어 계약 을 취소했기 때문에 큰돈이 집안에 있었던 것이다.

막내 외삼촌은 그 강도들이 우리 집에 큰돈이 있는 줄 미리 알고 들 이닥친 것이라고 했다. 지리산에서 내려온 빨치산들이 보급 투쟁의 일환으로 강도로 돌변했던 모양이다. 경찰서에 그들과 내통하는 형 사가 한 명 있었기 때문에 현장에서 곧바로 잡을 수 있었던 강도를 놓 아 주었다가 다시 수색해 잡아들였다고 한다.

그 강도들도 우리 어머니가 어느 집안 분인지 잘 알았기 때문에 해칠 생각은 전혀 없었을 거라며 "그래도 누님은 참 대범하신 분"이라고 혀를 내둘렀다. 당신은 옆에 없었지만 "남자인 나도 얘기만 들어도 겁이 나던데, 누님은 어떻게 그런 용기가 나셨는지 모르겠다." 말씀하셨다.

교동 집으로 이사 가는 날 "강도를 잡았다."고 경찰들이 네 사람을 데리고 왔다. 그들은 포승줄로 묶여 있었는데 이사 가느라고 정신이 없는 와중에 현장조사가 이루어졌다. 경찰들은 연신 어머니에게 꾸벅꾸벅 인사를 하며 존경을 표시했다. 그들이 생각해도 어머니가 참으로 대단하다는 생각을 한 모양이다. 어머니는 경찰들이 묻는 말에만 몇 마디 간단히 대답하고는 계속 이삿짐을 꾸리셨다.

나도 미국에 살면서 세 번이나 권총 강도를 맞은 경험이 있다. 회계사 사무실을 하면서 부업으로 비디오 렌털 숍을 했는데 그 숍에 세 번이나 권총 강도가 들이닥쳤다. 두 번은 퇴근 후 아들과 함께 있을 때였고, 한 번은 혼자 있을 때였다. 매번 우리는 있는 돈을 모두 털렸다. 마지막에 혼자 있을 때는 강도가 하는 행동이 초범 같아서 무서움증이 밀려왔다. 초범의 경우 주인의 반응에 따라 자신들도 당황해 진짜 총을 쏠 수도 있기 때문이다.

강도 앞에서 식은땀을 흘리며 돈을 내주는 와중에 6학년 때의 일이 떠올랐다. 어머니는 어떻게 그리 행동할 수 있었는지. 아들과 함께 있을 때는 몰랐는데 홀로 강도를 맞자 나도 모르게 엄청나게 떨려 왔다. 그리고 그 무서움증은 강도가 나간 후에도 얼마간 지속되었다.

넋 나간 듯 의자에 앉아 있는데 강도에게 돈을 내주던 내 손이 조금씩 떨려 왔다. '아, 이제 이 가게를 접을 때가 되었구나' 그 자리에서 나는 바로 가게 문을 닫아야지 결심을 했다. 그런 결심을 하면서 나는 권총 강도가 나간 후의 어머니 모습을 떠올렸다.

어머니는 평소와 다름없이 침착했다. 어떤 일이 있었는지 잊은 듯 자식들을 챙겼고 평소처럼 조용히 아버지를 맞아들였다. 강도가 들었으니 무서웠을 법도 한데 어머니는 오히려 아버지를 돈과 함께 다른 집으로 보냈다. 작은형의 무서움증을 진정시키려 형도 딸려 보냈다. 더구나 임신 중에 그런 큰 사건을 만나고도 어떻게 그런 평상심을 유지하실 수 있었는지. 내가 직접 권총 강도를 당하고 보니 어머니가 평범한 여인네들과는 정말 다른, 비범한 분이었음을 실감할 수 있었다.

어머니는 평소에도 대범하셨고 자잘한 일에는 일체 말씀이 없는 분이었다. 나는 일찍 집을 떠나서 잘 몰랐지만 여동생 얘기를 들으면 형수들과도 성격이 잘 맞는 편은 아니었지만 드러내 놓고 싫은 소리 한번 하신 적이 없다고 한다. 며느리들에게도 예의를 차렸고 맘에 안 드는 구석이 있어도 그저 묵묵히 지켜보는 게 전부였다는 것이다.

어느 날 갑갑한 마음에 "엄마는 왜 한마디도 안 하시느냐."고 오히려 여동생이 한마디 했더니 "팽이는 때릴수록 더 돈다."시며 "누구나 알아서 깨달을 때까지 놔두는 것이 현명한 일"이라 말씀하셨다 한다.

어머니와 제일 가깝게 생활한 경숙이 누나는 지금도 어머니를 "말씀이 없으시고 점잖으신 분”으로 기억하고 있었다.

“내가 시집가서야 철이 들었는지 ‘아주머니 내가 그렇게 일도 잘하지 못하고 했을 때 왜 아무 말씀 안 하셨어요?’ 물은 적이 있어. 그랬더니, ‘야야, 말도 말아라. 아저씨가 늘 누님 맘 안 상하게 하라고 당부하셨다’ 그러시더라고. 내가 너무 어려서 이 집에 온 데다 체질이 약하고 해서 일을 잘 못했는데도 정말 잔소리나 야단 한번 들은 적이 없어. 아무리 시댁 친척이라고 내내 참는 사람이 어디 있겠어? 아주머니가 워낙 점잖으셨으니 맘에 안 들어도 봐주신 거지.”

그러고 보면 우리 형제들도 자라면서 어머니의 잔소리를 별로 들어본 적이 없다. 살림 규모가 크다 보니 자식들에게 일일이 간섭하실 틈도 없었지만 어머니 성격 자체가 잔소리와는 거리가 먼 분이었다. 그렇게 잔소리 없이 늘 받아 주시니 손자, 손녀들도 어머니를 좋아했다. 미국에서 함께 생활하는 동안 나의 어린 딸과 아들은 “우리 할머니가 미국 할머니들보다 더 쿨하다.”며 늘 할머니를 자랑스러워했다.

"네 남편은 입맛 까다롭지 않아 좋겠구나"

우리 어린 시절에는 집안 식구가 밥을 따로 먹었다. 먼저 안방으로 아버지 밥상이 들어가고 나면 대청마루에 남자 형제들 밥상이 차려졌다. 여자들 상도 그 옆에 따로 차렸는데 어머니는 경숙이 누나, 여동생들과 함께 그 상에서 진지를 잡수셨다. 식사 때 따로 부르는 경우에만 아버지와 겸상이 가능했는데, 대학 시절 나는 집에 내려갈 때마다 아버지와 겸상을 하며 서울 생활에 관해 대화를 나누었다. 아버지는 며느리들을 얻은 후까지도 독상을 받았다.

요즘 세대가 들으면 '왠 차별이 그렇게 심했느냐' '별스러운 집안'이구나 하겠지만 그 시절에는 가풍 있는 집 대부분이 아버지와 자식이 겸상을 하지 않았다. 특별한 반찬은 어른 상에만 올랐고 남자들 상의 반찬과 여자들 상의 반찬도 달랐다. 먹을 것이 많지 않아서도 그랬지만 그때까지도 남존여비에 장유유서까지, 유교적 전통이 고스란히 남아 있었다.

이비지 밥상에는 항상 갈비 두 대가 올라갔다. 국 이외의 반찬은 김치를 포함해 세 가지 이상을 넘지 않았다. 경숙이 누나는 "갈비 한 근을 네 끼니로 나눠 드리면 딱 맞았다."고 했다. 그 갈비는 꼭 어머니 솜씨여야 했는데 아주 나중에 누나가 살림에 익숙해진 후에야 어머니 대신 갈비를 구울 수 있었다.

그 시절의 갈비는 요즘 갈비와 달리 기름기가 많지 않고 맛이 깊었다. 아버지가 갈비를 좋아하시니 우리 집에 갈비를 공급해 주는 사람이 따로 있을 정도였다. 그 갈비를 어머니는 정성을 다해 부드럽게 다졌고 그 위에 더 부드러운 살을 따로 얹어 음식을 만들었다. 그렇게 부드러워진 갈비는 배즙 등 갖은 양념을 섞어 만든 양념장에 밤새 재었다가 끼니마다 숯불에 두 대씩 구워져 아버지 상에 올랐다.

어머니가 만든 갈비맛이 얼마나 특별했던지 형제들 모두 지금까지 그 맛을 잊지 못하고 있다. 다행히 여동생들이 어머니 솜씨를 조금씩은 이어받아 아주 가끔이지만 여전히 어머니맛 갈비를 맛보곤 하는데 그때는 그렇게 행복할 수가 없다.

아버지는 갈비가 물리실 때쯤 삶은 돼지고기를 넣은 전골을 드셨다. 돼지고기도 한 근을 네 도막 내어 네 끼 드리면 딱 맞았다고 한다. 김치를 넣은 신선로에 삶아서 물기를 빼놓은 돼지수육을 얹어 화로에 끓이면서 드셨는데 이때의 육수도 꼭 어머니만의 비법으로 만든 것을 넣어야 아무 말씀이 없으셨다. 여름철에는 또 적사에 미농지 종이를 놓고 돼지수육을 고추장으로 바르면서 구워 드렸으니 아버지는 일 년 365일 매 끼니 고기를 드셨던 셈이다.

고기를 좋아해서 그랬는지 결혼 후 살이 오른 아버지의 체구는 거대했다. 아버지와 큰아버지가 함께 차를 타고 나가면 "차가 내려앉겠다."는 소리를 들을 정도로 형제분 모두 체구가 꽤 좋았다. 아버지는 50세가 넘으면서 당뇨가 찾아와 말년에는 음식을 가려 드실 수밖에 없었다.

내 기억에 아버지는 주말이면 꼭 찰밥을 드셨는데 그 찰밥도 보통 정성이 들어간 음식이 아니었다. 경숙이 누나에게 들으니 먼저 찹쌀한 말을 시루에 쪄서 밥을 하고, 다시 그 밥을 양념해서 다시 쪄서 드렸다 한다. 찰밥이 물리실 때쯤에는 우동을 만들어 드렸는데 그 우동도 어머니 솜씨여야만 했다.

"내가 첨 이 집에 오니까 김치고 뭐고 다 맛나더라고. 그래서 아주머니한테 '음식을 어쩌면 이렇게 맛나게 만드셔요?' 했더니 다 아저씨 덕이라드만. 그 말이 무슨 말인가 했더니 난중에서야 알고 보니 아저씨가 워낙 음식에 까탈스러워서 그런 거였드라고."

아버지 입맛이 얼마나 까다로웠던지 경숙이 누나는 칠순을 훨씬 넘긴 지금까지도 그분이 즐겨 드셨던 음식의 종류며 만드는 법까지를 상세히 기억하고 있었다. 그러니 평생 동안 그 입맛을 맞춰 오신 어머니는 또 얼마나 대단한 분인지. 그러나 어머니도 쉽지만은 않았던지 결혼하는 막내 여동생에게 이런 말씀을 하시더란다.

"네 남편은 입맛 까다롭지 않아서 좋겠구나."

동생은 그 말씀을 듣는 순간에는 별 생각 못했는데 나중에 생각하니 '아버지 살아 계시는 동안 까다로운 성미 맞추시느라 정말 힘드셨구나' 공감이 되면서 마음이 짠했다고 한다.

다시 밥상 얘기로 돌아가면, 아버지의 밥상과는 달리 우리들 밥상은 명절 등 특별한 날이 아닌 다음에야 콩나물국과 김치깍두기, 나물 등 채소밭이었다. 그러니 음식 타박을 할 꺼리도 없었고 입맛이 까다로울 이유도 없었다. 물론 그 음식들에도 어머니의 정성과 솜씨가 배어 있어서 나름으로 맛은 무척 좋았다.

특히 어머니의 김치는 맛이 특별나서 한 번이라도 우리 집 김치를 먹어 본 사람은 그 맛을 잊지 못할 정도였다. 서울에서 생활할 때 친구들이 "어머니 김치 언제 오냐?"고 물을 정도로 대학 친구들도 어머니의 김치를 '최고'라며 맛나게 먹었다.

어머니는 자식들에게 미안해서였는지 아니면 미식가인 아버지 때문에 평생 힘들어서 그랬는지 형수님들께는 또 이런 말씀을 하신 적이 있다 한다.

"내가 아들들 잘 키워 놔서 반찬 같은 거 타박 안 하니 너희들은 편하지?"

그 의미를 잘 아는 형수님들은 말씀을 듣는 순간 웃음이 절로 났다며 처음 시집왔을 때는 정말 이상한 느낌이었다고 고백했다. 없이 사는 집도 아닌데 그때까지도 맛있는 반찬은 아버지 상에만 올라가고 아들들 상은 맨 채소뿐이어서 이상하다는 생각이 들었다는 것이다.

그런데 경숙이 누나가 전한대로 어머니의 음식 솜씨가 아버지 입맛 때문에 좋아졌던 것은 아닌 듯하다. 나는 어려서부터 다른 집안

어른들로부터도 "황씨 집안 손맛은 알아줘야 한다."는 말씀을 많이 들었다. 또한 황씨 집안 여인들의 바느질 솜씨는 전주 시내에서도 꽤 유명해서 어머님 댁 피가 솜씨 좋은 유전자를 갖고 있었던 게 아닌가 싶다.

어머니의 사촌 중에는 서울 가회동에서 한복점을 내실 정도로 솜씨가 좋으셨고, 전주여고를 졸업한 막내 이모가 만든 수예작품은 예전에 도지사를 했던 분이 아직도 소장하고 있다. 어머니 또한 옷 만드는 솜씨가 빼어나서 그 시절 양장점에서 맞춘 옷보다도 더 맵시가 있었다. 여동생들이 어머니가 만든 세라복이나 원피스를 입고 나가면 친구들이 언제나 "어느 양장점에서 맞추었냐?"고 물었다 한다.

어머니는 아버지의 한복도 직접 만들었고 셔츠며 바지도 자주 만들어 드렸다. 뿐 아니라 우리들의 옷은 겉옷부터 속옷까지 대부분 그 어떤 메이커도 아닌 어머니표였다. 때로는 친구 사이에 유행하는 바지나 셔츠를 사 달라 말씀드리면 며칠 안에 그 비슷한 옷이 우리 방에 걸려 있기도 했다. 말씀드린 옷들을 시내에 나가 살펴보고는 천을 직접 끊어다가 그대로 만들어 놓았던 것이다.

어머니의 알뜰함과 손재주 덕분에 우리 식구들은 늘 주변 사람들보다 깔끔하게 차려입고 다닐 수 있었다. 특히 도시락 가방이며 덧버선 등 소품은 친구들의 부러움을 샀을 만큼 디자인이며 솜씨가 일품이었다.

"우리 어머니는 음식 솜씨가 정말 좋았다." 하면 그 말을 들은 사람들의 첫 번째 반응은 "아내가 좀 고생하겠네요."다. 맛있는 음식을 먹고 자랐으니 내 입맛도 꽤나 까다롭지 않을까 짐작하는 것이다.

하지만 나는 집에서 밥을 먹으며 불평을 해 본 적이 한 번도 없다. 그것은 내가 맛을 몰라서도 아니고 아내의 음식이 특별히 맛나서도 아니다. 아내가 정성스럽게 음식을 만들었으니 그냥 맛있게 먹는 것이다. 처음 미국 생활을 시작할 때 내 손으로 밥을 해 먹었기 때문에 매 끼니 밥을 차리는 수고가 얼마나 대단한 것인 줄 잘 알기 때문이다. 수고도 많았고 정성이 들어갔으니 그런 음식을 고맙게 먹는 것은 당연지사가 아닌가.

이런 얘기를 한다고 해서 내 아내가 음식을 못한다는 말로 알아들으면 곤란하다. 어머니만큼은 아니래도 아내 또한 꽤 음식을 잘하는, 나름 실력 있는 '셰프'이다. 하지만 우리 집은 몇 년 전부터 부엌문을 닫았다. 부엌에서 하는 일은 아침 대용의 떡을 데우거나 점심 식사인 샌드위치를 만드는 등 간단한 정도이고 주로 나가서 밥을 사 먹는다.

아내가 부엌을 들락거린 세월이 40년이나 된다고 생각하니 그 수고가 고맙기도 하고 미안하기도 해서 어느 날 문득 부엌문을 닫아 버리자고 제안을 하게 되었다. 미국에는 평생 부엌문을 안 여는 사람도 있어서 나이 들어 문 닫는 게 하나도 이상할 것이 없다. 다만 가끔씩 아내가 만들어 주던 '콜드 스파게티' 생각에 군침이 돌면 나는 얼른 외식을 나가자고 아내를 조른다.

평생 단 한 번도 싸운 적 없는 부부

서울에서 대학원 재학 중일 때였으니 45년 전인 1965년 아버지께 전화를 받았다. 특별한 경우가 아니면 직접 연락하는 일이 없는 분이라 무슨 일인가 의아했다. 예상대로 전화기 너머 아버지 목소리는 평소와 달리 흥분 상태였다.

"철아, 이게 무슨 일이라니? 네 형이 이혼을 한다는데 어떻게 해야 할지 모르겠다."

결혼을 안 한 나한테도 전화기를 통해 듣는 '이혼'이라는 단어는 충격으로 다가왔다. 아버지는 "내가 자유롭게 살고 싶어 그런다."시며 장남을 제금내서 따로 살게 할 정도로 트인 사고의 소유자였다. 하지만 자식의 입에서 튀어나온 이혼 얘기에는 몹시 충격을 받으신 모양이었다.

아버지는 소소하게 벌어지는 집안일에 관여하는 분이 아니었다. 더구나 평소 형님 부부에 대해 이렇다 저렇다 말씀하신 적도 없었다. 때문에 나는 놀랄 수밖에 없었다. '정말 큰일이 났나 보다' 싶어 다음 날 바로 전주로 내려갔다.

나 또한 밤새 뒤척였지만 아버지도 잠을 못 주무신 듯 초췌한 모습이었다. 아버지께 전해 들은 형님 댁 상황은 내가 생각해도 조금 심각해 보였다.

당시 넷째 영란이는 교직 생활 때문에 형님 집에 기거하고 있었다. 그런데 어느 날 형님 부부가 크게 말싸움을 벌였고 급기야 형수님 입에서 "그러면 이혼해야겠네."라는 말까지 튀어나왔다 했다. 형님도 되받아 "그래, 이혼하자. 이혼해." 하며 다툼이 얼마간 지속되었던 모양이다. 이에 놀란 영란이가 아버지에게 조심스럽게 그 얘기를 꺼냈고, 전해 들은 아버지는 놀란 가슴을 진정시키지 못해 바로 내게 전화를 넣었던 것이다.

아버지는 그때까지도 "니 엄마는 아직 모르는데 걔들이 진짜 이혼한다면 이를 어쩌냐."시며 걱정이 태산이었다.

나는 우선 "형님에게서 직접 이혼하겠다는 말을 들은 것도 아니니 너무 걱정 마십시오." 아버지를 안심시켰다. 그리고는 곧장 형님 댁으로 달려갔다. 아버지를 닮아 '한 번 아니면 끝까지 아닌' 형의 성격을 알기에 형수님을 먼저 만나 '이혼만은 안 된다' 고 설득해 보려는 요량이었다.

그런데 형수님은 오랜만에 만나는 시동생을 반기며 "학기 중에 왠일이세요?" 하고 물었다. 게다가 "집에 무슨 일 생겼어요?" 하며 놀라는 표정이었다. 잠시 이 상황을 어떻게 이해해야 할지 당황스러웠지만 침착하게 "차나 한잔 주세요." 하고는 대추차를 마시며 형수님께 자초지종을 말씀드렸다.

얘기를 다 듣고 난 형수님은 웃으면서 "어머, 큰아가씨가 그날 방에 계셨대요? 우린 그런 줄도 모르고…… 그날 형님하고 다툴 일이 좀 있어서 큰소리가 났었어요. 별일 아니에요. 지금은 다 풀어진 걸요." 하는 게 아닌가. "도련님도 결혼해 봐요. 다 그러면서 사는 거예요." 라고 편안하게 웃는 걸 보면 정말 별일은 아니구나 싶었다. 그래도 이 말 저 말, 힘든 일이 있는지 묻기도 하고 형님의 성격 특성을 구구절절 설명하면서 나름으로 맏며느리인 형님을 위로하려 애썼다.

교동 집으로 걸어가면서 나는 그제서야 '형님의 이혼'이 아버지 머릿속에서만 벌어진 일종의 해프닝임을 깨달았다. 평생 한 번도 큰소리가 오가는 부부 싸움이란 걸 해 본 적이 없으니 지레 겁을 먹으신 게 분명했다. 더구나 이혼 운운하는 말까지 오갔으니 아버지가 그렇게까지 놀란 것은 어쩌면 당연해 보였다.

우리는 자라면서 아버지와 어머니가 큰소리를 내며 다투는 모습을 한 번도 본 적이 없다. 아버지는 막내시라 자랄 때 모두가 떠받들어 키워 그런지 성격이 불 같은 데가 있어서 때로 크게 화를 내셨다. 하지만 어머니와 큰소리로 다투는 일은 생전 볼 수 없었다.

"내가 볼 때 매형은 평소 성질이 나면 직선적이었어. 젊었을 때는 화가 나면 뭔가 집어던지기도 하고 그랬는데 그런 성질을 상당히 조절한 것이 누님이었지."

외삼촌은 두 분이 다툼 없이 평생 사신 데는 아마도 속이 깊고 과묵한 어머니의 성격이 큰 몫을 했을 거라 말씀하셨다.

여느 부부처럼 두 분도 싸울 일이 없지는 않았을 것이다. 하지만 아버지의 성격을 잘 아는 어머니는 다툴 일이 생겨도 그냥 묵묵히 아버지의 화를 잠시 받아 냈다. 그리고는 뒤에 화가 가라앉으면 "이러저러해서 이렇다."는 식으로 길지 않게 설명을 했다. 우리도 어머니처럼 화난 아버지 앞에서는 일체 대꾸를 하지 않았다. 아버지가 화가 나셨을 때는 검은 것을 흰 것이라 해도 "네."라고 대답했고, 화가 가라앉았을 때 "이러이러해서 그것은 흰 것입니다."라 말씀드렸다. 그러면 그때는 아버지도 고개를 끄덕였다.

우리보다 가까이에서 두 분을 지켜본 경숙이 누나는 "두 분 다 점잖아서 부부 간에 싸울 일이 없었다."고 회고했다. 어머니가 화가 나면 아버지가 아무 말씀 안 했고, 아버지가 화가 나면 어머니가 또 아무 말씀도 안 했다 한다.

부부 간의 일만 아니라 평소에도 못마땅하거나 불쾌한 일이 생겨도 두 분 다 이러니저러니 말씀이 없었다 한다. 다만 인상이 조금 달라진 것으로 "기분이 안 좋으시구나." 느꼈을 뿐 드러내 놓고 말씀을 않으시니 무슨 일 때문에 언짢은지 전혀 알 수 없었다는 것이다.

아버지나 어머니 두 분 모두 살아생전에 자식들에게 서로에 관해 이렇다 저렇다 직접 말씀을 하신 적이 없다. 다만 어머니는 딸들과 옛일을 회상하며 아버지 얘기를 더러 나누곤 했는데, 그 말씀을 통해 아버지에 대한 어머니의 생각을 조금 읽을 수 있었을 뿐이다.

어머니는 말년에 미란이와 함께 광주에서 3년을 살았다. 어느 날엔가는 어머니께서 아버지를 회상하며 이런 말씀을 하셨다 한다.

"너희 아버지 같은 분은 세상에 없다. 그 많은 친정 식구들 아무 말씀 없이 다 건사해 주시고, 늘 고맙고 미안한데 싸울 일이 뭐 있었겠누. 나는 네 아버지를 존경한다."

또 어떤 날의 대화에서는 "아버지가 화내시면 무서웠잖아. 엄마는 어떻게 그걸 다 참았어?" 물었더니 "그거야 천성이니 어쩔 수 없는 것이지 참고 말고 할 게 어디 있어. 네 아버지는 그래도 평생 살면서 인격적으로 나를 무시하거나 모욕적인 언사를 하신 적이 한 번도 없으신 분이다."라며 "부부지간에 소리를 높이는 것은 애들 교육에도 안 좋으니 조심조심 살아야 하는 거."라고 말씀하셨다 한다.

교동 집에 오래 살았던 막내 외삼촌께 들으니 어머니가 화가 나면 아버지가 '애교'를 섞어 가며 화해를 청했다 한다. 우리에게는 늘 엄한 양반이어서 어째 잘 상상이 가지 않는 대목이다. 하지만 어머니가 과묵하신 데다 때로 무뚝뚝하기도 했으니 낭만적인 아버지가 거꾸로 애교를 부렸다는 말이 맞는 것 같기도 하다. 때로 부모님과 외삼촌이 함께 가깝게는 한벽루, 멀게는 선운사 등지로 소풍을 다녔는데 그때 "날 좋으니 소풍이나 가자."고 조른 이도 아버지였다 한다.

그런 걸 보면 아버지도 어머니에 대하여 별 불만 없이 사신 듯하다. 당신의 까다로운 입맛과 성질을 다 받아 주는 분이었으니 고맙기도 했을 것이다. 다만 내가 알기로 어머니를 안타까워한 면이 딱 한 가지 있었다. 아버지는 어머니가 배운 여성들과 어울려 활달하게 사회

참여를 못하는 것을 못내 아쉬워하셨다.

내가 중학교 시절, 아버지 아시는 분 중 한 여성이 미술전시회를 열었다. 그분은 동경에서 미술대학을 졸업하고 화가로서 간간이 전시회를 열었다. 공교롭게도 그분은 아버지 부하 직원의 아내였다. 아버지는 부인이 그런 활동을 하고, 부부가 동반 나들이를 하며 문화생활을 즐기는 것을 보고 그 부하 직원을 부러워하셨다. "네 어머니가 현대식 교육을 받았으면 좋았을 텐데……." 아쉬운 표정으로 말씀하시는 걸 들은 적이 있다.

어머니는 한학에 능통했다. 또 아버지 눈이 안 좋아 젊어서부터 아침마다 대신 신문을 읽어 드렸기 때문에 시사적인 면에도 꽤 밝으셨다. 미국에 오셔서도 늘 책을 읽으셨는데 『신동아』, 『월간조선』 같은 시사잡지도 즐겨 읽으셨을 뿐 아니라 지역 성당에 나가 사회참여적인 활동도 많이 하셨다. 막내의 말을 빌면 한국 계시던 말년에도 책을 손에서 놓지 않으셨는데 그때는 특히 불교서적을 많이 읽으셨다고 한다. 막내는 어머니가 돌아가시기 직전까지 읽으셨다는 석용산 스님이 지은 『여보게, 저승 갈 때 뭘 가지고 가지』를 아직도 갖고 있었다.

하지만 현대식 고등교육을 제대로 받은 적이 없는 어머니는 우리를 키우면서 아버지와 함께 사는 동안에는 전문적인 사회 활동을 할 수 없었다. 사실 지금 생각해 보면 고등교육을 제대로 받았다 해도 자식 일곱 키우며 그 큰살림을 하자면 여유를 낼 수 없었을 것이다. 또한 고등교육을 받았다고 해서 여성이 지금처럼 사회 활동을 자유롭게 할 수 있던 시대도 아니었다. 그러니 아버지의 아쉬움은 어쩌면 시대를 앞서 가신 아버지의 '헛된 바람'이었을 뿐 어머니의 잘못은 아닌 것이다.

나 또한 부모님 영향인지 부부 싸움을 거의 안 하고 살았다. 굳이 손꼽자면 일 년에 몇 번 잠깐씩 말다툼을 하는 정도이다. 물론 나도 가끔 아버지처럼 화를 버럭 낼 때가 있다. 내 성격을 이미 파악해서 그런지 아내는 그럴 때마다 함께 말을 섞기보다는 자리를 피해 조용히 시간을 기다린다. 그리고는 내 화가 누그러들면 그제서야 전후 사정을 간단히 설명하며 나를 설득한다. 그러면 나는 또 그 설득에 넘어가 금세 화냈던 상황을 잊고 만다.

아마도 외할머니께서 살아 계셨다면 나와 아내의 결혼도 '잘한 혼사'라고 말씀하셨을 것 같다.

제2장 나를 키운 사람, 공간

철 따라 꽃이 피니, 열매 또한 풍성하고

풍족한 거 하나 없던, 부잣집 셋째 아들

왠일인지 나는 어린 시절 늘 배가 고팠다. 전쟁 후유증 속에 유년기를 보낸 내 또래는 누구라도 그럴 거라 짐작된다. 아무튼 늘 배가 고팠고, 배고픔 때문에 일어난 '고구마 사건'은 지금까지 형제들이 나를 놀려 먹는 레퍼토리이다.

전주 북중학교 합격자 발표가 있던 날, 나는 다짜고짜 어머니에게 교복과 모자를 사 달라고 졸랐다. 학교 들어가기 전에 당연히 사 주실 것을 빨리 사 달라고 조른 것이다. 그때까지 어머니가 사 주는 새 옷을 입어 본 적이 없던 터라 교복일망정 새 옷이 무척 입고 싶었다. 매일 조르는 성화에 못 이겨 어머니는 입학식 훨씬 전에 교복과 모자를 사 주셨다.

같은 시기에 아버지께서는 "뭘 먹고 싶냐?"고 물으셨다. 합격 기념으로 특별히 맛난 것을 사 주고 싶었던 것이다. 그런데 내 입에서 나온 말은 "고구마를 원 없이 먹고 싶어요." 였다. 지금이야 형제들끼리 우스개로 얘기하지만 그 말을 듣는 아버지 심정은 참으로 착잡하셨을 것이다.

전주로 나와 교동에 살면서는 모두들 우리 집을 부잣집이라 했다. 전주 시내 한복판에 있는 집은 200평이 넘는 데다 아버지가 공직에 계셨으니 그런 말이 나올 법도 했다. 더구나 대학생부터 초등학생까지, 일곱 형제가 모두 말끔한 행색으로 서울과 전주에서 학교에 다니고 있으니 더러는 우리 집을 부러워한 사람도 있었을 것이다.

하지만 그 시절에도 나는 우리 집이 부잣집이라는 실감을 하지 못했다. 부자라면 풍족하다는 느낌이 있어야 할 텐데 부모님이 워낙 검약하신 데다 살림 규모가 커서 그랬는지 내게는 뭐 하나 풍족하달 게 없었다. 웬만한 물건은 형들로부터 물려받아 썼고, 겉옷은 물론 하다 못해 런닝셔츠까지 어머니가 다 만들어 주셨다. 그러니 개인적으로는 우리 집 형편이 남들보다 월등히 낫다는 생각이 안 들었다.

그래도 교동 시절 우리 집 형편이 꽤 괜찮았던 것은 분명하다. 사랑채에는 외가댁 식구들이 여남은 명씩 함께 살았고, 친가의 먼 친척들도 보름이나 한 달씩, 길게는 몇 달을 번갈아 묵고 갔다. 때로 유명한 중국집에서 가족끼리 외식도 했고, 나와 형들은 가끔 전북도청에 들러 아버지에게 용돈도 받아 썼다. 무엇보다 그때는 적어도 '배가 고프다' 는 생각은 안 들어서 좋았다.

그때는 집안 살림이 어떻게 돌아가는지 잘 몰랐는데 최근에 경숙이 누나를 통해 들은 교동 집 살림 규모는 내가 예상했던 것 이상으로 대단했다. 한 끼에 쌀 한 말씩 밥을 했고 김장은 여름, 겨울 두 차례를 했다는데 한 번에 천 포기 이상 김치를 담갔다고 한다. 창고 가득 쌀가마가 쌓이고 한쪽 창고에는 김장독이 그득했던 기억이 있었지만 그 정도였는 줄은 미처 알지 못했다.

"밥을 다 한 뒤에도 식구가 두셋씩 늘어나서 그분들 밥 차려 주고 나면 나 먹을 밥이 없어 종일 굶은 적도 있었다니까. 들락달락하는 손님이 원체 많았어야지. 도시락을 열댓 개씩 싸고 하루 열 차례도 넘게 밥상을 차렸으니 한 끼에 쌀 한 말로도 모자랐지."

여동생도 김장 때는 외가 아주머니들과 함께 며칠씩 일을 거들었다며 "정말 큰 살림"이었다고 회고했다.

"오빠들이 외지에 나가고도 항상 사람들로 북적댔어. 같이 사는 외가 식구들도 많았지만 언제나 손님이 많이 와서 지금 생각해 보면 내가 학교를 가는지 오는지 아무도 신경 못 썼을 걸."

막내가 중고등학교를 다닐 때 위의 3형제는 서울서 대학을 다니고 있었다. 그때가 1960년대 중반이었으니 아버지가 퇴직한 다음인데도 교동 집은 늘 사람들로 붐볐다. 사실 우리 집에 이렇게 많은 사람이 함께 살게 된 데는 시대적인 여건도 한몫을 했다.

1960년대는 우리나라가 산업화 초기 단계에 접어들면서 도시가 발달하기 시작한 때이다. 농촌 사회는 서서히 붕괴되기 시작했고 남아도는 노동력이 도시로 도시로 몰려들었다. 그들은 새로 생겨난 공장에 취직하거나 건설 현장에서 일자리를 찾았다. 특히 배운 사람들은 농촌에 머물기보다 도시로 나와 사무직에 취직하고자 하는 열망이 강했다.

　시골의 친척들은 친가, 외가 할 것 없이 취직을 하기 전에 우선 전주 시내에 있는 우리 집에 머물렀다. 그중에는 이미 결혼해 아이까지 낳은 친척도 있었다. 아버지는 전주에서 오랫동안 공직 생활을 했기 때문에 지인들이 많았고, 신망이 두터워 여기저기서 사람을 소개해 달라는 부탁도 많이 받았다. 대부분의 친척은 아버지의 소개로 취직자리를 얻고 나서야 우리 집을 떠났다. 취직 후에도 전주 시내에 머무를 방을 마련하기 전까지 교동 집에서 직장을 오갔던 분도 꽤 되었다.

　특별히 외가댁 식구가 오래 머물렀던 까닭은 외가가 좌익 집안으로 낙인이 찍히면서 쉽게 취직자리를 구할 수 없었기 때문이었던 것으로 짐작된다. 가세가 기운 외가 식구들을 어떻게든 돕고 싶어한 부모님의 따뜻한 마음으로도 연좌제의 사슬은 쉽게 끊어지지 않았던 모양이다. 결국 외사촌 형을 비롯해 몇몇은 취직을 못하고 시골로 다시 돌아가 농사를 지었다.

　경숙이 누나는 아버지가 취직도 사람 됨됨이를 봐 가면서 시켜 줬다며 여러 일화를 들려주었다. 그중에는 불 같았던 아버지 성격의 단면이 보이는 일화도 섞여 있었다.

　"한번은 아버지 손자뻘 되는 철수 어머니가 찾아오셨어. 며칠 묵을 쌀과 철수를 교동 집에 맡기고는 가 버리셨지. 그런데 퇴근하신 아저씨가 철수를 보자마자 차를 불러서는 쌀이랑 철수랑 다 태워서 시골로 곧장 보내 버리더라고. 나중에 들으니까 철수가 전에 취직

시킨 직장에서 일도 제대로 안 하고 제 성질대로 나와 버렸다고 하
더라."

남들이 부잣집이라 했던 교동 시절에도 형제들 모두 풍족한 느낌을
못 가졌던 배경에는 이러한 사정이 있었다. 수입은 한정되어 있었을
텐데 그 큰 규모의 살림을 유지하자니 어머니 입장에서는 아끼고 또
아끼는 수밖에 다른 도리가 없었을 것이다.

"아주머니는 살림을 잘한 양반이야. 말씀도 없이 척척 일을 해내시
고. 내가 아주머니 서른한 살 때 이 집에 왔는데 뭐 하나 허투루 하시
는 걸 못 봤다니까. 통도 크시고 담력이 있어서 수금 시골 살 때는 일
꾼들도 아주 잘 부리셨어. 일꾼들 모두 아주머니를 좋아했지."

경숙이 누나가 전해 주는 수금 시절의 일화들은 어머니가 얼마나
대단한 분이었는지를 새삼 깨닫게 해 주었다.

수금에 살 때 우리 집은 농사도 함께 지었다. 아버지는 전주에 근무
하느라 큰아버지 댁에 머물렀기 때문에 농사일은 자연스럽게 어머니
몫이 되었다. 어머니는 동네 일꾼들을 시켜 농사를 지었는데 그들에
게 새참이며 점심을 아주 풍족하게 마련해 주었다. 그리고 일이 끝나
면 저녁밥과 함께 술상을 봐주고 밤 열한 시까지 일꾼들의 얘기를 다
들어주었다. 대부분 동네 사람이었던 일꾼들은 그 자리에서 동네 돌
아가는 얘기며 집안 얘기를 스스럼 없이 털어 놓았고, 때로는 재미난
이야기보따리를 풀어 웃음꽃을 피우기도 하면서 하루 피로를 다 푼
후 집으로 돌아갔다.

"그렇게 일꾼들 얘기 다 들어주시고 하니 살림을 안 이룰래야 안 이

룰 수 없는 분이었어. 그분 농사가 참 잘되었지. 일꾼들 잘 다루고 당신도 일을 열 몫을 하셨으니 일꾼들도 게으름 피울래야 그럴 수가 없었던 거지."

어머니는 일꾼들 품삯을 바느질로 대신한 적도 많았다. 그때까지도 어머니가 시집올 때 가져온 모시며, 삼베, 융 등 좋은 천들이 많았는데 그 천들로 옷을 만들어 품삯을 지불했다. 혼수로 마련해 온 일제 '싱가' 재봉틀과 어머니의 빼어난 바느질 솜씨가 큰 살림을 일구는 데 효자 노릇을 톡톡히 했던 것이다.

그렇게 품삯의 반 이상을 어머니 힘으로 충당했기에 돈이 귀하던 그 시절에도 어머니는 돈을 조금씩 모으고 사셨다. 속옷부터 겉옷까지, 형제들이 입었던 거의 모든 옷을 직접 방직공장에 가서 천을 필로 떠와 일일이 해 입히셨으니 "아주머니는 정말 대단한 분이었다."는 누나의 말이 예삿말로 들리지 않았다.

"솜씨가 그만큼 있으셨으니 그걸 다 해 댔지. 집안일도 잘 하시고. 옛날에는 그렇게 하지 않으면 살지를 못했어. 아저씨보다 아주머니가 애쓰셔서 살림을 이루셨지."

대학 입학 전까지 나는 집안 형편이 어떻게 돌아가는지 잘 몰랐다. 워낙 사는 사람도 많고 들고나는 사람도 많아서 형제들 모두 각자 저 알아서 학교에 다니고, 주어진 공부를 열심히 하는 것으로 효도를 대신했다.

대학에 들어가고 나서야 아버지 퇴직 이후 갖고 있던 재산을 하나씩 처분해 학비며 생활비를 마련하는 것이 눈에 보였다. 우리 집 형편이 계속 하락세를 타고 있다는 것도 그때서야 깨달았다. 이후로는 아버지와 터놓고 집안 돌아가는 시정을 애기했다. 그 시절부터 내 안에서는 "우리 집안을 어떻게든 다시 일으켜야지." 하는 사명감 같은 것이 싹트기 시작했다.

부모님 교육열에 새벽부터 책상에 앉다

절집도 아니면서 우리 식구들의 일상생활은 스님들의 새벽 예불 소리와 함께 시작되었다. 치명자산으로도 불리는 전주천변 중바위산 위 동고사에서 새벽 예불을 알리는 종이 울리면 우리 형제들은 잠자리를 박차고 기상을 했다. 신라 헌강왕 때 도선선사가 지은 고찰(古刹) 동고사의 종소리는 그 오랜 역사만큼이나 그윽하게 어둠을 갈랐지만 학창 시절 우리들은 그 종소리를 정말 듣기 싫어했다.

한겨울, 여명도 없는 마당에서 펌프로 끌어올린 찬물에 순서대로 세수를 하고 나면 형들과 나는 각자의 앉은뱅이 책상에 책을 펴고 앉았다. 벽면을 향해 있는 책상들 뒤로는 방석이 하나 놓여 있었다. 아버지의 자리였다. 아버지는 아침 등산 전 한두 시간, 그 자리에 앉아 추자를 돌리며 공부하는 자식들의 뒷모습을 지켜보셨다.

우리들은 어떻게든 졸지 않으려고 무던히 애를 썼다. 공부에 취미가 있었던 작은형과 나는 그 새벽 공부가 성적에도 크게 도움이 되었지만 공부보다 다른 재주를 더 많이 가졌던 큰형은 간혹 꾸벅꾸벅 졸다가 혼도 참 많이 났다. 멀리서 들려오는 목탁 소리도 그치고 날이 서서히 밝아 오면 아버지는 산에 오르기 위해 조용히 문을 열고 나가셨다.

우리 형제들은 자라면서 부모님으로부터 공부의 필요성에 대해 누누이 들어 왔다. 아버지는 자신의 인생뿐 아니라 이 나라의 미래를 위해서도 누구나 공부를 열심히 해야 한다고 늘 강조했다. 일제강점기, 할아버지께서 한학 공부에 만족하지 않고 신학문을 공부하러 서울로 가신 까닭도 '일본놈보다 더 배워야 그놈들을 이길 수 있었기 때문' 이라고도 말씀하셨다. 아버지는 평소에도 달변이었지만 공부의 필요성에 대해 얘기하실 때는 특히 달변이 되었다.

그런데 객관적으로 우리 집이 공부하기에 썩 좋은 환경은 아니었다. 사랑채에는 늘 객식구가 많아 조용할 날이 없었다. 또 저녁식사가 끝나면 어머니와 외가댁 아주머니들이 대청마루에 모여앉아 집안 대소사를 의논하거나 소소한 일상을 나누느라 웃음꽃을 피웠다. 함께 모여 얘기하는 분위기를 즐겼던 식구들의 특성상 언제나 우리 집은 시끌벅적했다.

그러니 마음먹고 방에 조용히 틀어박힌다 해도 공부에 집중하기가 여간 어려운 일이 아니었다. 어느 날엔가는 이런 환경을 탓하며 투덜대다가 한바탕 호통을 들은 적도 있다. 아버지는 "천둥벼락을 쳐도 할 놈은 한다."시며 오히려 나를 나무라셨다.

부모님 모두 일상에서는 딸 단속이 심했지만 교육에 관해서는 아들

딸 차별이 없었다. 미란이는 여고 시절 친구 집에서 공부하느라 저녁때 귀가하다가 난생 처음 아버지에게 뺨을 맞은 적도 있었다. 그만큼 아버지의 딸 단속은 엄중했지만 공부에 만큼은 차별을 두지 않아 여동생 둘이 모두 대학을 졸업할 수 있었다.

미란이는 성적이 우수해 선생님께서 서울의 이화여고나 경기여고에 원서를 쓰자고 권유했다. 하지만 아버지는 딸을 멀리 보낼 생각이 없었다. 그때 서울에서 공부를 하던 나는 능력이 안 되는 것도 아닌데 서울로 올려보내 공부시키자 말씀드렸다. 하지만 “여자아이가 객지에 일찍 나가 좋을 일 없다.”시며 결국 전주여고에 입학을 시켰다.

미국에 가 있으면서도 두고두고 아버지의 그 같은 결정이 아쉬웠는데 동생은 “그때 아버지의 판단이 옳았다.”고 회고했다. 서울로 진학한 친구들이 생각보다 좋은 대학에 가지 못했다는 것이다. 그 시절 나의 짧은 소견으로는 딸 단속이 너무 심하신 것 아닌가 싶었다. 그런데 아버지는 여자가 너무 일찍 집을 떠나면 정서적으로 불안정해 공부에도 집중하기 힘들다는 것을 미리 간파하셨던 것 같다.

그때는 여자들이 고등학교도 졸업하기 힘들었다. 그런데 부모님이 딸들을 대학까지 보낸 데는 그분들만의 특별한 이유가 있었다. “앞으로는 이혼이 자유로워질 테니 여자들도 전문적인 직업을 가져야 한다. 그러려면 대학을 가야 한다.”는 것이 그 이유였다.

어찌 보면 결혼도 안 한 딸들을 놓고 이혼 걱정부터 하는 게 좀 이상하다 싶을 수도 있다. 두 분 다 결혼 생활에 만족하지 못했던 건 아닐까 의문을 가질 수도 있다. 하지만 부모님의 그런 견해는 개인적인 생활과 관련된 것이 아니었다. 그보다는 닥쳐올 가까운 미래의 세태에 대하여 정확하게 전망한 것으로 이해할 수 있다. 지금 우리나라는 이혼율 세계 1위 국가라는 불명예를 안고 있다. 이런 세태를 그 시대에 벌써 예견하신 걸 보면 그 혜안에 놀라지 않을 수 없다.

정확한 용어로 설명한 것은 아니지만 아버지는 앞으로 '전문직 시대'가 올 거라는 전망도 갖고 있었다. 당시만 해도 대부분의 부모는 "남자는 법대를 가야 사람 구실을 한다."며 그 생각을 자식에게 강요했다. 큰형이 법대를 간 것도 그런 분위기가 크게 작용했을 것이다. 그런데 나 때부터는 아버지께서 "평범한 것보다는 특수한 분야로 가야 전망이 있다."는 말씀을 자주 하셨다. "우리나라도 조만간 크게 발전할 텐데, 그때는 각 분야마다 전문가가 많이 필요해질 거"라는 말씀이었다.

부모님의 영향인지 막내 여동생은 약대를 나와 지금도 약사로서 현직에 있고, 첫째 여동생 영란이는 여고에서 가정 선생님으로 근무하다 미국으로 건너가 살고 있다.

부모님의 교육열이 당신들 대에서 특별하게 시작된 것은 아닌 듯하다. 당신들 또한 할아버지, 할머니로부터 그렇게 교육받으며 자랐기 때문에 자연스레 우리 대에까지 그 열정이 이어진 것이다.

친가, 외가 모두 한학을 공부하는 전통 있는 양반 가문이었던 데다 친할아버지께서는 당신의 두 아들뿐 아니라 가까운 친척 조카들까지 '하고자 하는 놈'에게는 교육비 원조를 아끼지 않으셨다 한다. 만석 꾼은 아니었지만 집안에 논마지기 얼마쯤은 있었고, 군수를 지낼 정도로 세력이 있었지만 친가의 가세가 불어나지 않은 데는 그만한 이유가 있었던 것이다.

외가댁도 교육열이 아주 대단한 집안이었다. 조선 시대에는 내로라 하는 학자를 여럿 배출한 집안답게 개화 후 할아버지 형제들은 너도 나도 자식들을 일본으로 유학 보냈다. 막내 외삼촌 말씀에 따르면 외할아버지께서는 아들딸 가리지 않고 자식들에게 한학을 가르치셨고, 돌아가시기 전까지도 책을 손에서 놓지 않으신 학자였다 한다.

외할아버지는 딸들도 신식 교육을 시키셨다. 맏딸이어 그랬는지 어머니만 한학 공부에 초등학교 졸업으로 그쳤고, 이모들은 모두 고등 교육을 받았다. 첫째 이모는 전주여고를 1등으로 졸업할 정도의 수재였다.

요즈음은 미국에서도 한국인의 교육열에 대해 주목할 만큼 우리나라 사람들의 교육열은 정말 남다른 구석이 있다. 최근에는 오바마 대통령까지 미국의 공교육을 개혁하기 위해 한국의 교육 풍토를 보라고 공공연하게 언급하기도 했다. 또한 한국계 미국인인 미셸 리는 워싱턴 DC의 교육감이 되면서 '미국 공교육 개혁의 선구자'로 환영받았다. 비록 정치적인 이유로 스스로 퇴임했지만 그녀는 교육부장관 설이 나올 정도로 여전히 주목받고 있다.

비록 한국 내에서는 대학 입시 제도며 무너지는 공교육이 문제가 되고 있지만 세계인도 우리나라 사람들의 교육열에 대해서는 크게 평가하고 있는 것이다.

사실 우리나라가 이만큼 성장한 데는 제대로 먹지는 못해도 자식

교육에 열과 성을 다한 이 땅의 부모들이 큰 몫을 했다. 마찬가지로 우리 부모님의 교육열 또한 내 삶이 성장하는 데 아주 큰 디딤돌이 되었다. 학창 시절 떨어지는 성적과 비례해 호되게 맞았던 회초리의 기억이 아름다운 추억으로 남게 된 것도 다 그분들 덕이라 생각한다.

"외가나 친가나 머리가 조금씩은 있었던 것 같아. 그런데 우리 식구들이 남들을 이용하고 잔머리 굴리고 하는 머리는 없어. 순수하게 공부하는, 옛날 양반 같은 그런 머리들이었지. 사회생활하면서 잔머리 굴리는 사람을 보면 그렇게 한심할 수가 없더라고. 그러니 그런 놈들 모인 소굴에서 버틴다는 게 쉽지가 않았던 거야."

사회 초년병 시절 사회생활이 힘들었던 이유가 사실은 자기 탓만은 아니라며 넷째가 어느 날 술자리에서 농담처럼 했던 말이 떠오른다.

정원이 아름다웠던 추억의 교동 집

전주천가, 남천교 부근에 있었던 교동 집은 건평 200평이 넘는 넓은 집이었다. 그러나 2000년대 들어 전주천변 도로가 점점 확장되면서 담장과 정원이 조금씩 잘려 나가고 지금은 170평 정도가 남아 있다. 그나마 이제는 우리 집이 아니다.

2010년은 우리 집안의 교동 집 시대가 완전히 막을 내린 해이기도 하다. 가장 나중까지 그 집에 살았던 작은형 내외는 2010년 1월에 집을 팔고 시내의 한 아파트로 이사를 했다. 내가 초등학교 졸업 무렵 그 집으로 들어갔으니 50년 넘는 세월을 우리 가족과 함께한 교동 집의 역사가 종지부를 찍는 순간이었다.

2010년 6월, 몇 년 만에 교동 집에 들렀을 때 그곳은 한창 리모델링 공사 중이었다. 창고와 부엌은 이미 헐리었고 본채와 사랑채만 남아 있었는데 지붕과 난간 장식을 새롭게 꾸미고 있었다. 우리 집이 없어진 서운함은 있었지만 그래도 고풍스러웠던 옛 집의 형태가 고스란히 남아 있는 걸 보니 무척 반가웠다. 새로운 주인이 향토 음식점을 내겠다 하니 나중에라도 자유롭게 그곳에 드나들 수 있다는 사실이 큰 위로가 되었다.

교동 집은 '추억의 장소' 라기에는 표현이 한참 모자라다 싶을 만큼 곳곳에 식구들의 향기가 짙게 배어 있는 곳이다. 50여 년 동안 우리 형제들을 비롯해 그 집을 거쳐간 사람은 헤아릴 수가 없을 정도이다.

우리 첫째 아이도 한 살부터 세 살까지, 인생에서 가장 중요한 유아기를 할머니와 할아버지의 보살핌 속에 그곳에서 보냈다. 그리고 무엇보다 아버지, 어머니 두 분이 세상을 하직하신 곳도 다름 아닌 교동 집에서였다. 작은형은 이사 후 말할 수 없이 서운했다며 "친구들도 어떻게 그 집을 떠날 수 있었느냐?"고 우리 식구 이상으로 아쉬워했다 전했다.

우리 식구의 전주 생활이 교동 집에서 시작된 것은 아니었다. 부모님은 교동에 정착하기 전까지 너댓 군데 이사를 다닌 후에야 교동 집에 정착했다. 처음 수금서 나올 때는 급하게 이사하느라 아버지 친구분께서 방세 없이 내주신 그 댁 사랑채에 살았다. 전북도청에 근무하시면서 아버지가 먼저 큰댁으로 이사를 했고, 한참 후에 우리 식구 모두가 합류를 해 그곳에 살았다.

어머니는 언젠가 "나 쌀 열세 가마니 갖고 전주로 이사왔다."고 말씀하셨다. 아버지가 큰댁에 계실 때 친척 아주머니께서 "아이고 아저씨 식사하시는데 큰아주머니가 오늘 쌀 떨어졌어요, 하니 아버지가 곤란해하시는 것 같더라.”는 말씀을 전했다 한다. 그 말을 듣자마자 부랴부랴 논도 팔고 집도 팔고 해서 전주로 이사를 하셨던 것이다. 아마 논과 집을 판 전부가 그때 돈으로 쌀 열세 가마니 값 정도였던 모양이다.

그때 머물렀던 집은 아버님 친구인 백남태 씨 댁이었다. 경숙이 누나는 그 댁 어른들이 아주 좋은 분들이었다며 “우리 식구나 그 집 식구나 다 한 식구”로 지냈다고 회고했다. 백남태 씨는 6.25 때 대한청년단에 가입했다가 나중에 자수를 했지만 안타깝게도 형무소에서 생을 마쳤다. 돌아가실 때까지 어머니와 둘도 없는 친구로 지냈던 백남태 씨의 부인은 그 일로 너무 큰 충격을 받아 정신을 놓았다가 한참 후에야 정상을 회복했다.

나는 그분의 딸이었던 호기 누나와 대학 시절까지도 가깝게 지냈다. 어머니와 함께 누나 집을 여러 번 방문했던 기억도 있다. 누나의 신랑(김기영)은 박정희 정권 때 장관을 지내기도 했는데 누나는 늘 한결같이 우리를 반겼다.

호기 누나네가 집을 팔고 이사하면서 우리는 누나네가 살던 안채 전부를 세 얻어 살았다. 그러던 중 큰아버지가 갑자기 전남 순천으로 전근을 가는 바람에 교동에 있는 향교 옆, 할아버지 대부터 살았던 큰댁으로 들어가 살게 되었다. 나는 그때 어려서 이사의 기억이 없는데 경숙이 누나 말이 “너무 추운 날에 이사를 한 데다 집도 전보다 작고, 고칠 곳도 많고 해서 꽤 고생을 했다.” 한다.

큰댁에서 나온 다음에는 풍남동에 있는 경기전 안에도 살았었다.

경기전은 전주 이씨 왕조의 탄생지를 기리기 위해 태종이 전주에 지은 커다란 전각이다. 처음에는 태조 이성계의 이진만 모셔졌는데 이후로 조선조 여러 왕들의 어진을 차례로 이곳에 모셨다. 정전 전각을 뺀 나머지 부속 전각이 일제강점기에 훼손되었지만 2004년 부속 전각까지 옛 모습을 거의 복원해 지금은 문화재(사적 제339호)로 잘 보존되고 있다.

일제가 경기전을 훼손하면서 그 내부의 부속 건물에 사람이 살기도 했는데 우리는 6.25 직전부터 전쟁 후 몇 년 동안 제일 안쪽에 있는 기와집에 살았다. 문화재로 예전 모습이 복원되면서 우리가 살았던 집은 사라지고 말았다.

경기전 시절을 마감하고 이사 간 곳이 바로 교동 집이다. 어머니는 그곳으로 이사하기 전 어렵게 모은 전 재산을 잃을 뻔한 '권총 강도 사건'을 대범하게 막아 내면서 교동 집의 역사를 쓰기 시작했다.

교동 집은 아마도 아버지, 어머니가 숙원하던 집이었던 것 같다. 정원을 꾸미는 데만 8년을 소모했을 정도이니 능히 그런 짐작을 할 수 있다. 경숙이 누나 기억에는 아버지께서 섬세하게 도안까지 그려가면서 정원을 설계했고, 몇 년에 걸쳐 연구에 연구를 거듭해 봄가을로 고쳐가면서 정원을 꾸몄다고 한다. 그곳을 채울 정원수와 정원석 하나까지도 직접 다리품을 팔아 구해 오셨다 하니 그 정성이 이만저만이 아니었던 것 같다.

교동 집 정원은 전주 시내에서도 꽤 유명했다. 특히 고창의 구슬에서 옮겨 심은 영산홍은 먼 곳에서도 따로 구경 올 정도로 아름다운

꽃을 만발했다. 영산홍이 피는 계절이면 담장 너머까지 흐드러진 영산홍 향기에 이끌려 지나던 사람들도 꽃구경 좀 하자며 대문을 밀고 들어오곤 했다. 그 나무는 너무 유명해진 나머지 1988년 서울올림픽 때 서울시에서 조경에 쓰겠다며 150만 원에 매입해 가면서 우리 집을 떠났다. 우리 집 정원에는 그 나무가 새끼를 친 작은 영산홍이 자리를 지켜서 몇 년 지나지 않아 다시 아름다운 영산홍 꽃을 구경할 수 있었다.

이외에도 참 많은 꽃나무들이 있었는데 그중 자산홍은 형수님의 고향인 남원에서, 철쭉은 전주에서 옮겨와 교동 집에 뿌리를 내렸다. 담장 너머까지 그늘을 드리운 아름드리 오동나무도 한 그루 있었는데 아버지께서 "큰 나무가 집안에 있으면 못쓴다."시며 베어 버렸다. 처음 옮겨 심었을 때는 첫째 여동생 영란이 시집보낼 때 장롱을 만들어 주겠다는 포부셨는데 세월이 가면서 너무 많은 잎새를 품은 까닭에 그 오동나무는 베어지고 말았다.

정원 옆 앞뜰에는 자연석 바위로 만든 작은 연못도 하나 있었는데 그 연못을 꾸민 자연석과 돌 같은 것은 임실의 관촌면에서 일일이 옮겨 왔다.

집 건물은 본채와 사랑채, 창고와 부엌, 화장실이 있었다. 한옥의 고풍스러움을 살리면서도 겨울이면 화덕을 안에다 넣어 따뜻하게 할 수 있는 편리한 집이었다. 사랑채 안의 화장실을 문 안으로 집어넣은 것도 그때로서는 획기적인 양식이었다.

집 뒤로는 장독대 옆에 닭장도 있어서 닭을 2, 30마리씩 키우곤 했다. 우리 집은 닭이 참 잘 되어서 아침마다 달걀을 거둬 내다 팔기도 했다. 가끔은 형제들끼리 공모해 그 달걀을 몰래 내다 팔아서 소소한 용돈을 챙긴 기억도 있다. 마당에는 또 채전밭이 있어서 호박이며 가지, 상추, 고추 등 갖가지 채소를 심어 놓아 늘 신선한 채소 반찬을 먹었고, 지금도 명성 높은 '전주 콩나물'도 직접 길러 사시사철 콩나물국을 먹을 수 있었다.

일곱 형제의 교육비를 위해 이미 오래전에 처분했지만 250평 남짓 되었던 교동 집 뒷집도 아버지 소유였다. 고창의 구슬에서 그랬던 것처럼 그 집에는 어머니 큰댁 본가의 이재 황윤석 선생의 종손이었던 율파 선생의 자손들이 살고 있었다. 원래 그분들 소유의 집이었으나 부득이 팔아야 할 상황이 되자 아버지께서 인수를 했다. 그러나 소유권만 아버지에게로 옮겼을 뿐 이후로도 그분들은 계속 그 집에 살았다. 규모가 얼마나 큰 집이었던지 지금은 그 집에 네 가구가 살고 있다.

고교 시절, 저녁나절 안방에서 들리던 웃음소리의 주인공들은 바로 율파 선생의 며느리들이다. 어머니에게는 사촌 올케였던 그분들은 언제나 집안의 대소사를 어머니와 의논했고, 명절이나 김장 등 집안의 큰일은 서로 품앗이를 해 가며 서로 기대어 살았다.

그 집의 방 한 칸에는 석전(황욱, 1898~1993) 선생도 살고 계셨다. 그 댁도 둘째인(황병옥)은 월북을 하고 큰아들인 황병선(1923~1983)은 좌익 운동을 하다가 옥살이를 하면서 가세가 기울어 그곳에 와 계셨던 것이다.

서예가였던 석전 선생은 글씨를 쓰다가 적적해지면 아버지에게 놀러 와 술을 한 잔씩 하곤 했다. 그분이 오면 문 밖에서도 서로 주거니 받거니 한시를 읊으시는 두 분의 나지막한 목소리를 들을 수 있었다. 아들을 감옥에 보내 놓고 붓글씨를 쓰면서 세월을 달래고 계신 노인의 고즈넉한 목소리에 작은형은 가끔씩 "가슴이 메이곤 했다."고 회고했다.

위의 삼 형제가 서울에서 대학을 다닐 때는 부모님께서 자식들 교육을 생각해 미리 사 둔 집에서 학교를 다녔다. 신촌로터리 부근에 집이 있었는데 부모님은 밥하는 아이까지 딸려 보내 외지에서 자식들이 배를 곯지 않도록 배려했다. 물론 그 집도 아주 오래전에 남의 집이 되었다.

부모님이 따로 두 채의 집을 소유할 수 있었던 배경에는 어머니의 경제적 능력이 크게 작용했다. 어머니는 살림 외에 따로 사회생활은 안 했지만 알뜰살뜰 살림하며 모아 놓은 돈을 불리는 재주가 있었다.

1970년대까지만 해도 우리나라는 은행이 활성화되지 않았던 터라 이웃끼리 서로 돈을 꿔주고 돌려받는 문화가 일반화되어 있었다. 돈이 오가면서 이자가 붙고 그 이자를 모아 또 누군가에게 꿔주는, 지금 식으로 말하면 사채시장이 활성화되었던 셈이다. 한동안이지만 어머니는 그 시장에서 돈을 조금 만졌다.

어머니와 함께 살면서 "다른 일도 있었을 텐데 왜 그런 일을 하셨어요?" 하고 진지하게 여쭌 적이 있다. 사실 고교 시절엔가 어머니가 '돈놀이' 한다는 걸 알았을 때 나는 왠지 부당한 일 같아 마음이 편치 않았었다. 어머니는 표정 변화 없이 담담하게 대답했다.

"그 많은 자식들 제대로 교육시키자면 알뜰살뜰 아낀다고 되는 일이 아니었다."

이후로 나는 어머니가 했던 일에 대한 부정적인 생각을 멈추었다. 감정을 싣지 않은 담담한 목소리가 오히려 내 마음을 '쿵' 하고 내려앉게 만들었기 때문이다.

살림 규모는 상상을 초월할 정도이고, 자식들 교육은 어떻게든 시켜야겠는데 남편은 벌이가 없으니 어머니 입장에서 그 모든 것을 감당하자니 따로 길이 없었던 것이다. 그 전에도 '어쩔 수 없으셨겠지' 머리로 이해는 했지만 직접 간단명료한 이유를 듣고 나니 마음이 무척 아려 왔다.

공교롭게도 우리 집안의 역사를 정리하고 있는 2010년, 교동 집 시대가 막을 내렸다. 회고의 글을 쓰기 시작하면서 그 집이 정말 회고의 대상이 되고 만 것이다. 70평생 인생이 '인연이란 참으로 내 의지와 상관없이 이어졌다 끊어졌다 하는 것'임을 가르치더니, 교동 집과의 인연 또한 그 생각을 더욱 굳어지게 하려나 보다.

청춘이 묻어 있는 전주의 골목골목

전주의 옛 이름은 완산(完山)이다. 견훤이 서기 900년 완산주에 도읍을 정하고 후백제를 건국하면서 역사에 그 이름을 드러냈다. 때문에 전주는 늘 '천 년의 고읍'이라는 수식어가 붙어 다닌다. 그래서 전주에 가면 여느 도시와는 달리 지금도 옛 선인의 향기를 곳곳에서 맡을 수 있다. 더구나 전주 이씨, 조선왕조의 발원지이기 때문에 한옥마을은 물론이고 경기전, 전주향교 등 조선 시대의 유적들이 시내 곳곳에 여전히 건재한다.

이렇듯 천 년이 훨씬 넘는 역사를 가진 전주는 내게 고향과도 같은 곳이다. 원래 정읍의 수금에서 태어났지만 초등학교(중앙초등학교)부터 고등학교(전주고등학교 7기)까지 전주에서 다녔기 때문에 골목 구석구석 내 지난 발자국이 촘촘히 박혀 있다.

추억의 페이지를 하나씩 열면 오목대와 이목대, 한벽루와 기린봉을 누비고 다니는 청년들이 여럿 눈에 들어온다. 검정 교복을 입은 그 건장한 청년들 사이에는 나와 내 친구들 무리가 있고, 또 그들 맞은편과 앞뒤로는 곱게 머리를 땋아 늘인 여학생과 단 둘이 데이트를 즐기는 쌍도 여럿 있다.

여학생들과 함께 노는 친구가 부러웠을 만도 한데 웬일인지 나는 고교 시절까지 여학생에게는 별 관심이 별로 없었다. 그보다는 코밑이 새까만 친구들과 몰려다니는 것이 훨씬 재미있고 신이 났다. 대학 입시의 중압감이 없었던 것은 아니지만 지금처럼 심하지는 않았던 탓에 대학 시절보다 고교 시절이 내게는 진정한 청춘기가 아니었나 싶다.

대학에 들어가서는 갑자기 전주 촌놈이 되어 버린 느낌인 데다 철이 들어 버려 '미래를 위해 공부해야겠다'는 생각밖에 없었다. 때문에 대학 시절은 학과 공부를 하느라, 또 학생회 활동을 하느라 너무 바쁜 나머지 따로 청춘을 즐길 시간도 없었다. 그러니 고교 시절이 더 큰 낭만과 자유로움으로 기억되는 것은 당연한 일인지도 모르겠다.

중학 시절 뭣도 모르고 몇 차례 자잘한 주먹질로 부모님을 학교까지 불러들인 경험이 있었던 탓인지 고교 시절에는 특별한 사고를 친 기억은 없다. 간혹 명절이면 아버지께서 선생님께 드리라며 주신 선물을 친구들과 함께 이목대에 올라 홀랑 다 먹어 버리고는 시치미를 뚝 떼기도 하고, 술 잘 하는 친구 옆에서 몇 잔의 술을 홀짝거리기는 했지만.

생각해 보니 입시 공부가 한창이던 고등학교 3학년 때는 각 반의 대표격인 친구 다섯 명이 모여 '혁신'이라는 동아리를 만들어 활동을 하기도 했었다. 앞으로 좋은 대학에 가서 사회적으로 뭔가 혁신을 일으키자며 모인 친구들이었다. 따로 큰 일을 한 것은 아니지만 우리 다섯 명은 공부 틈틈이 모여 앉아 사회 혁신의 방향성에 대하여 논하기도 하고, 공부의 어려움을 함께 토로하기도 하면서 고3 시절을 함께 몰려다니곤 했었다.

지금 생각하면 따로 딱히 한 일도 없으면서 그 시절에는 친구들과 함께 쏘다니는 것이 뭐가 그리 즐거웠는지 신기하기도 하다. 잘 노는 친구들은 뭔가 특별한 경험들도 많았을 텐데 우리는 고작 어울려 한밤중에 한벽루 철로를 따라 걸으면서 낄낄댔고, 왜색풍의 빵집 '부래옥'에 들러 사내자식들끼리 빵을 우걱우걱 씹으며 아이스케키를 빨아먹은 게 전부였다.

아, 가끔은 중앙동의 '백도극장'과 '전주극장'에 새 영화가 들어오면 우루루 몰려가 관람하기도 했었는데 그때는 영화 관람이 아주 큰 즐거움이었다. 가끔씩 특별한 날에는 중국집 '일품향'에 모여 친구들과 군만두와 자장면을 먹었던 기억도 새롭다. 화교가 운영했던 '일품향'의 만두 맛은 여전히 일품이어서 지금은 관광객들도 꼭 들러 시식을 하고 가는 명소라고 한다.

지금도 여전히 나는 친구들을 좋아한다. 무주 리조트에서 열린 졸업 35주년 전주고 동창회 날과 아들 대학 졸업식이 겹쳤을 때도 나는 고심 끝에 동창회로 발길을 향했을 정도다. 동창회장을 맡고 있었기에 어쩔 수 없이 그렇게 되었다. 덕분에 아들에게는 "아버지는 가족보다 친구를 더 좋아한다."며 한소리도 들었고, 여전히 아들은 내게 공격할 일이 생기면 그때 일을 들먹이곤 한다.

그래도 별로 반박할 말이 없는 것은 그만큼 내 인생에서 친구가 차지하는 비중이 큼을 인정할 수밖에 없기 때문이다. 고교 시절 친구들과 어울려 오목대, 이목대를 오가며 인생에 대하여, 꿈에 대하여, 미래에 대하여 수도 없이 많은 대화를 나누었기에 나의 현재가 있는 것 아닌가. 그리고 칠순이 된 현재까지도 우리의 만남이 이어지는 까닭은 아마도 그 시절 추억이 큰 힘이 되어 든든하게 받쳐 주기 때문일 것이다.

한국에 들어올 때마다 나는 전주에서 며칠씩을 머문다. 친구들과 작은형, 친척들이 살고 있어서 그들과 오랜만에 회포를 풀기도 하지만 예전에 살았던 풍남동과 교동 일대를 걷는 데 할애하는 시간도 꽤 된다. 옛 추억이 고스란히 담긴 길들을 홀로 걷노라면 마음이 참으로 평화로워진다.

오목대와 이목대, 한벽루, 경기전은 언제나 빼놓지 않고 한 번씩은 들르는 곳이다. 그곳에 나의 어린 시절과 청춘이 고스란히 남아 있기 때문이다.

작은 언덕 위에 있는 아주 큰 누각인 '오목대(기념물 제16호)'는 개인적으로는 추억의 장소이지만 사실은 이성계가 이씨 조선을 개국하기 전에 종친들을 모시고 잔치를 벌인 곳으로 유명하다. 이성계는 황산대첩에서 왜구를 물리치고 개경으로 귀경하던 중 처음이자 마지막으로 전주에 들러 이곳에서 종친들을 대접했다 한다.

나이가 들었는데도 오목대를 오를 때는 가뿐한 기분이 된다. 지금은 솔숲 사이에 나무로 계단이 만들어져 있기도 하지만 학창 시절 이곳을 오르내리던 몸의 기억이 되살아나기 때문인 것 같다. 우리 자랄 때처럼 교복을 입은 학생들 무리부터 데이트를 즐기는 쌍들까지 오목대 위에는 언제나 젊은이들로 복작댄다. 이곳에서는 700여 채의 한옥마을이 한눈에 들어오는 전망도 기가 막히다. 그리고 오목대 건너편 언덕에는 이목대가 있다.

천천히 오목대를 내려와 '한옥마을'로 접어들면 마치 조선 시대로 들어서는 길목에 서 있는 듯한 착각에 빠진다. 몇 개의 커다란 골목을 사이에 두고 양 옆으로 한옥이 즐비한데, 사실 700여 채가 넘는 이들 한옥은 조선 시대의 것이 아닌 일제강점기에 생긴 것이 대부분이다. 그 시절 일본인들이 성곽을 허물고 성안으로 들어와 서문 부근에 자리를 잡고 상권을 장악해 나가자 전주 사람들의 자존심이 발동하여 교동과 풍남동 일대에 기와집을 짓고 모여살기 시작했던 것이다. 원래 있던 기와집들과 그 시절 지어진 집들이 1997년부터 한옥마을로 지정되어 보존되고 있다.

한옥마을에서 서쪽으로 걸어가다 보면 『혼불』을 지은 '최명희문학관'과 '동학혁명기념관' 등을 거쳐 경기전에 도달한다. '경기전(보물 제931호, 사적 제399호)'은 조선 태종 10년에 평양과 경주 두 곳과 함께 창건한 어용전(임금의 초상화를 모시는 전각)의 하나로 태조 이성계의 어진이 봉안되어 있다. 경기전이라는 이름이 붙여진 것은 세종 때인 1442년의 일이다.

  정문을 들어가 여러 전각을 거쳐 제일 끝자락 조경묘를 지난 뒷터까지, 한 바퀴 휘휘 둘러보며 걷다 보면 어느새 이곳에서 살았던 초등학생 시절이 떠오른다. 지금은 우리가 살던 집이 없어지고 밖으로 담장이 둘러쳐져 있지만 한시절 경기전 안에서 뛰놀았던 기억이 생생하게 살아나면서 가슴이 뛰기 시작한다. 잠시 벤치에 앉아 진정하는 동안 내 어린 시절처럼 뛰노는 아이들의 모습이 눈에 들어오면 내 입가에 미소가 절로 피어난다.

  전주에 머물 때의 식사는 대체로 콩나물국밥으로 해결한다. 풍남문(보물 제308호) 건너편 '남부시장'에 있는 '현대옥'을 찾거나, 지금은 전국적으로도 유명해진 '왱이집'이나 '삼백집'에 들러 콩나물국밥을 먹는다.

  전주의 음식은 남도 음식 특유의 맵거나 짠맛이 아니라 담백하고 깔끔하다. 사람들은 전주 하면 이제 세계인의 음식이 되어 버린 비빔밥을 먼저 떠올리지만 나는 비빔밥보다 콩나물국밥을 더 좋아한다. 어린 시절 밥상에 너무 자주 오르던 음식이라 물릴 만도 한데 여전히 콩나물국밥이 좋다.

  특히 전주에서 먹는 콩나물국밥은 특별나서 꼬들꼬들한 맛이 정말 일품이다. 투가리를 몇 번 토렴해 내는 '삼백집'의 콩나물국밥은 뜨거운 맛이 좋고, 적당한 온도의 육수를 사용하는 '왱이집'의 콩나물밥은 또 그것대로 참 먹기가 좋다. 콩나물국밥에 모주를 한 잔 마시고 나면 삼계탕에 인삼주 한 잔 곁들인 것 이상으로 기운이 솟는다.

  전주의 콩나물국밥이 유명한 이유는 전주 콩나물이 다른 지역의 콩나물과는 품질이 다르기 때문이다. 전주의 물에는 철분이 많이 함유되어 있어서 콩나물의 맛과 영양이 남다르다. 내 기억에도 철분이 많이 든 전주 샘물로 세수를 하면 얼굴이 버석거리고 머리를 감으면 뿌득뿌득 빗질이 잘 안 될 정도였다. 그래서 아버지는 늘 샘물이 아닌 전주천 물로 세수를 하셨는데 교동 시절 형제들이 번갈아 전주천 물을 떠다 드렸던 기억이 새삼 떠오른다.

가끔은 전주천가 남천교 위 누각에서 세월처럼 쉼 없이 흐르는 전주천을 바라보며 또 다른 감회에 젖을 때도 있다. 친구들과 밤마다 멱을 감던 알몸의 기억, 멱을 감는 여인들에게 자전거 페달을 세게 돌려 전구 불빛을 쏘며 장난질 치던 기억 등 참 많은 사연을 전주천으로 흘러보냈다. 강을 거슬러 올라오는 연어처럼 지나간 시절들이 조각조각 전주천을 거슬러 올라오며 무언가 저마다의 얘기를 시작한다. 잠시 넋이 나간 듯 그 시절의 이야기들에 귀를 기울이다 보면 때로는 다리 위에서 아름다운 석양을 맞기도 한다.

전주는 옛것과 현대가 공존하는 참 아름다운 도시이다. 내가 자란 곳이 이렇게 유서 깊은 역사의 도시임에 나는 지금도 크게 감사한다. 전주가 내 인생을 풍요롭게 해 주었음에 감사함은 물론이고, 추억 담긴 많은 곳들이 옛 전통을 살려 고스란히 남아 있으니 나의 자손들 또한 이곳의 풍취를 언젠가는 맛볼 수 있을 것이기 때문이다.

봄, 가을 붉게 타는 선운사 가는 길

선운사가 있는 선운산(禪雲山)은 일 년에 두 번 붉게 탄다. 봄에는 동백꽃으로, 가을에는 단풍으로. 바다가 가까워 다른 지역보다 늦게 꽃 피고 늦게 단풍 드는 까닭에 그렇게 두 번 산이 붉게 타오르고 나면 산도 쉬고 나그네도 쉬는 완전한 겨울로 접어든다. 겨울 선운산은 그래서 그 어느 곳보다 적막하고 고요한 느낌으로 다가온다.

외가댁이 있는 고창군 성내면 구슬에서 선운사까지는 차로 30분밖에 소요되지 않는다. 걷기에는 꽤 먼 거리지만 학창 시절, 방학마다 외가댁을 방문했을 때는 친구들을 꼬여 선운사에 자주 놀러 갔다. 여름이니 동백꽃도 단풍도 없었지만 초록의 푸른 숲에 있는 것만으로도 참 기분이 좋았다. 물론 그 시절에는 자연을 만끽하기보다 친구들과 몰려다니는 것이 더 좋았고, 내친김에 바닷가 모래사장까지 가 보는 것도 큰 재미였다.

그때가 그리워서일까? 나이 들어 자연이 주는 편안함을 알고부터는 한국에 들어올 때마다 선운산에 들러서 자연 속에 한참 앉아 있는 버릇이 생겨 버렸다. 미국은 한국처럼 가까운 곳에 쉽게 오를 수 있는 산들이 없어서 도심 속 공원을 걸을 때마다 가장 많이 생각난 곳도 선운산이었다. 더구나 선운사 만세전에는 할아버지 친필로 된 5언절구(五言絶句) 한시 현판이 걸려 있어서 선운사 가는 길에는 늘 할아버지를 찾아뵙는 듯한 들뜬 기분이 되기도 한다.

선운사의 만세전 안에 걸린 각종 현판들은 예부터 선운사를 방문했던 관료들이 그 감회를 친필 시로 적고, 그것을 목판으로 새긴 것이다. 그중에는 할아버지의 한시(漢詩)도 한 편 있는데 할아버지는 당신을 '완산귀객(完山歸客)' 즉, '전주에서 방문한 손님'으로 표현하셨다. 미당 서정주를 비롯해 많은 현대 시인들이 선운사를 소재로 시를 지은 것처럼 그 무렵에도 선운사를 방문하는 사람마다 시로 이곳을 예찬했던 모양이다.

사실 시를 잘 모르는 내 생각에도 봄날 타는 듯한 동백꽃무지와 도솔천에 떠 있는 가을 단풍을 보노라면 '아, 시인이라면 저절로 시상이 떠오르겠구나' 싶기도 하다.

몇 해 전에는 '선운사 가는 길'이라는 부재를 단 시집 『꽃이 지고 있으니 조용히 좀 해 주세요』에서 할아버지의 시를 발견하고 크게 기뻤던 적도 있었다. 이 시집은 불문학자인 김화영 씨가 선운사에 관한 시만을 모아 엮은 시집이다. 만세전에 여럿 걸린 현판들 중 몇 작품도 함께 실려 있는데 할아버지의 시도 이 시집에 들어 있었다. 시의 전문은 다음과 같다.

둘러싸인 산이 만고의 성이라

사찰의 기운이 온전히 맑도다

경쇠 소리 그치니 인적이 끊어지고

구름이 깊으니 물이 절로 흐르네

배로 강을 건너니 천 리이면 어떠리

부처님의 영험은 나를 감동시키네

다시 신선의 세계로 들어서며

어부가 세상의 정을 깨닫는다네

─임술년 2월에 완산귀객 감호 김병직

시에 대하여 잘 아는 바는 없지만 '구름 속에서 참선한다'는 선운사(禪雲寺)의 의미와 선운산의 본래 이름이었던 도솔산(도率山-미륵불이 있는 도솔천궁을 일컫는다)의 이미지가 시 안에 고스란히 녹아 있는 것만으로도 썩 잘 쓴 시라는 생각이 든다. 아버지께서 특히 시를 자주 읊으셨던 역사가 이미 할아버지 대에서 시작된 것이 아닌가 싶은 대목이다.

어머니와 아버지는 두 분이, 또 막내 외삼촌과 함께 선운사에 자주 들르셨다. 두 분이 나들이를 자주 하는 편은 아니어서 잘 기억나지는 않지만 작은외삼촌 말씀으로는 일 년에 서너 번은 나들이를 했는데 그때마다 긴 여행은 선운사가 목적지였다 한다. 나도 부모님의 꽁무니를 쫓아 선운사에 왔던 기억이 있다. 아마 중학교 때가 아닌가 싶다.

그때는 지금처럼 일반인이 만세전에 함부로 들어갈 수 없었다. 2007년에야 만세전은 일반인에게 공개되어 선운산에서 딴 맛난 녹차를 마실 수 있는 공간이 되었다.

그런데 아버지는 어쩐 일인지 우리들을 데리고 만세전에 올라가 할아버지께서 쓰신 현판을 구경시켜 주셨다. 주지 스님께 미리 부탁을 하신 모양이다. 젊은 스님의 안내를 받아 동생들까지 댓돌 위에 가지런히 신발을 쪼로록 벗어 놓았던 기억이 떠오른다.

또렷한 기억은 그때 아버지께서 우렁우렁한 목소리로 할아버지께서 쓰신 한시를 읊으셨다는 것이다. 무슨 말인지 알 수는 없었으나 낯선 목소리로 한시를 읊으셨다. 아마도 할아버지에 대한 그리움이 배인 목소리여서 평소와 다른 느낌이 들었던 것 같다. 형과 나에게 한 번 읽어 보라 하셔서 더듬더듬 읽어 내려갔던 것 같기도 하다. 아마 잘못 읽으면 혼날 것 같아 떨기도 했을 것이다.

아버지께서 부채를 들고 있었던 걸 보면 아마 여름이었던 모양이다. 뭔가 더 긴 말씀을 하셨던 것도 같은데 잘 기억은 나지 않는다. 다만 아버지께서 만세전에 올라 한참 동안 먼 곳을 응시하던 모습이 뇌리에 남아 있다.

그때 아버지는 무슨 생각을 하셨을까? 아버지가 서 계셨던 자리에 그 비슷한 모습으로 서 있어 봐도 그분의 그때 생각은 가늠할 길이 없다. 다만, 내가 이곳에서 할아버지와 더불어 아버지를 추억하니 어느새 눈물이 고이는 것처럼 아버지도 당신의 아버지를 생각하며 속으로 눈물을 삼키셨던 건 아닐까 짐작해 볼 뿐이다.

2010년 6월, 선운사를 방문했을 때는 운이 좋게도 주지 스님인 법만 스님을 직접 만나 뵐 수 있었다. 말씀을 나누다 보니 그분은 속세의 인연으로는 전주고 후배이기도 했다. 선운사에 대하여 누구보다 상세히 알고 계시는 그분과 이런저런 얘기를 나누다 보니 '할아버지와 아버지께서 내게 또 좋은 인연을 허락하셨구나' 싶은 게 고마운 마음이 들었다.

주지 스님께 선운산 녹차밭에서 수확한 햇녹차까지 선물 받고 일주문을 나서면서, 뒤돌아 산을 향해 두 손을 모아 삼배를 올렸다. 미국에 가 세례를 받고 천주교 신자가 된 지 오래지만 그냥 그렇게 하고 싶었다. 산에게, 할아버지에게, 아버지에게 그동안의 은혜에 대한 감사의 인사를 그렇게라도 전하고 싶은 마음이었다.

천천히 걸어 선운사 일주문을 빠져나와서는 선운사 입구 가까이에 줄지어 늘어선 풍천장어집에 들렀다. 함께 동행한 친구 권명호에게도 감사의 인사를 하고 싶어서였다.

중학교(전주 북중) 때부터 나와 함께였던 명호는 서울에서 대학을 다닐 때도 늘 함께 어울렸다. 그리고 나이가 든 이후에도 서울과 미국을 서로 오가며 격의 없이 지내는 터라 이제 눈빛만 봐도 서로 뭘 하고 싶은지, 어디에 가고 싶은지 통하는 사이가 되었다.

아내와 함께 한국에 들어올 때는 명호 부부와 동반하여 제주도 등 국내 여행도 함께했고, 명호가 미국에 있는 아들을 방문했을 때는 캐나다까지 부부 동반 여행을 떠나기도 했다. 늦은 나이까지 어린 시절 친구와 함께할 수 있는 것만으로도 고마운 일인데 명호는 내가 한국에 들어올 때마다 언제나 시간을 내어 어디든 동행해 준다.

따로 표현하지 않아도 내가 많이 고마워한다는 걸 잘 아는 친구이지만 그래도 오늘 만큼은 그것을 표현하고 싶어 명호가 좋아하는 장어집으로 내가 먼저 발길을 옮기게 되었다.

명호와 함께 풍천장어로 배를 채우고 나니 정말 세상에 부러울 것 하나 없는 마음이 되었다. 자연을 숨 쉬고, 마음껏 그리운 사람들을 그리워하고, 배불리 먹었으니 한껏 여유로운 마음이 된 것이다.

소화도 시킬 겸 산보 삼아 선운사 쪽으로 천천히 걸음을 옮겨 미당 서정주의 시비(시 〈선운사 동구〉가 그의 친필을 확대해 새겨져 있다) 까지 갔다가 되돌아 차를 타고 나왔다. 미당을 별로 좋아하지는 않지만 그의 시 〈선운사 동구〉는 선운사를 다녀갈 때마다 참 잘 썼다는 생각을 한다.

나도 시를 지을 줄 안다면 지금의 이 여유로운 마음을 시로 적어 보면 좋을 텐데…… 허나 나는 시를 지을 줄 모르니 '눈이 부시게

푸르른 날’ 선운사에 들러 ‘그리운 사람을 그리워하’ 는 것으로 시
쓰기를 대신할 수밖에 다른 도리가 없었다. (‘눈이 부시게 푸르른 날
은 그리운 사람을 그리워하자’ 는 미당의 시 〈푸르른 날〉의 한 구절
이다)

제3장 나를 기른 시간, 역사

누군들 비운의 역사를 비껴갈 수 있으랴

『이재난고』, 한 실학자의 평생이 담긴 일기

매년 한국에 들어와 다양한 사람들과 교류하다 보면 여전히 '양반의 후예'로서 지난날 자기 '가문의 영광'에 지나치게 집착하는 사람들을 만날 때가 있다. 그들은 특히 요즘 사람들을 마음에 들어 하지 않고 세상의 변화에 부정적이다. 정치나 경제에 대해서도 딱히 특별한 이유도 없이 비판적일 때가 많고, 현실적인 대안에 대해서는 별로 생각하지 않는 듯하다. 물론 모두가 그렇다는 말은 아니다. 간혹 그런 사람을 만나면 당황스럽다는 얘기다.

그래서 나의 뿌리를 살피려는 내 의도에도 혹시 그런 아집 같은 게 들어 있는 건 아닌가 반성 아닌 반성도 해 보았다. 우리 집안도 친가, 외가 모두 고매한 선비 집안으로 조선 시대부터만 따져도 당대에 내로라하는 직책을 얻고, 눈에 띄는 업적을 이룬 조상들이 꽤 있다. 그 분들의 업적과 사상만 써내려간대도 아마 책 몇 권 이상의 분량은 나올 것이다.

하지만 그런 기록이 현재에 어떤 의미를 지닐 것인가? 결론은 그런 행위 자체가 제 자랑에 그칠 뿐 현재와 아무런 연관을 갖지 못한다는 것이었다. 물론 선조들의 삶과 행적이 없었다면 현재의 나도 없을 것이다. 그러나 그분들을 역사 속에서 불러낼 때는 제 자랑 이상의 무엇이 있어야 한다는 생각에 그런 일은 삼가기로 했다.

그럼에도 불구하고 외가 쪽으로 어머니의 7대조 되시는 이재 황윤석(頤齋 黃胤錫, 1729년~1791년) 선생을 소개하는 데는 그럴 만한 충분한 이유가 있다. 『이재난고(頤齋亂藁)』, 『이수신편(理藪新編)』, 『자지록(恣知錄)』 등 그분이 평생을 바쳐 쓰신 저작들과 사상이 당대뿐 아니라 현재까지도 큰 의미를 지니기 때문이다.

낮은 산이 곧게 뻗은 전라북도 고창군 성내면 조동에서 태어난 이재 선생은 실학사상이 불길처럼 번지고 개혁의 칼날이 곳곳에 미치기 시작한 영조 5년에 태어났다. 영조 35년 진사시에 합격, 목천 현감을 비롯해 전생서 주부, 전의 현감을 지내는 등 정조 때까지도 벼슬길에 올랐지만 그 기간은 길지 않았고 고향인 흥덕현(현 고창군)에서 글을 읽으며 학문 연구에 평생을 바쳤다. 선생은 당대 학자들에게 '통유(通儒)'로 꼽힐 정도로 도학과 문장이 탁월했으며 호남 실학의 줄기를 튼튼히 하는 데 큰 몫을 했다.

선생의 학문 세계는 성리학을 비롯해 천문·지리·역학·수리·기하학·음운학·고증학에 이르기까지 미치지 않은 곳이 없을 정도로 방대했다. 이들은 실학 시대의 학풍을 발전시킨 것으로, 처음에는 이학(理學)을 닦는 데 힘썼고 『주역』을 비롯한 경서 연구에도 매진했다. 특히 북경을 거쳐 전래된 서구의 지식을 조선의 학계에 소개한 선생의 공은 상당히 크다. 당시로서는 생각조차 어려웠던 서양의 과학사상을 수용해 종래의 이학과 조화를 시도한 점은 지금도 학자들이 경탄하는 부분이다.

선생의 학문에 대한 열정은 서적의 구입과 탐독에 관한 기록들만 봐도 짐작이 가능하다. 선생의 일기에 의하면 전의 현감으로 있던 59세에 '의례' 38책 전질을 일곱 냥에 구입하여 목록과 차례를 정한 후 하루도 거르지 않고 읽어 2년여 만에 마칠 수 있었다고 한다.

그 무렵 왼쪽 눈은 거의 실명 상태였고 설사와 치통, 담통 등 신병 때문에 일상생활도 어려웠지만 선생은 선비로서의 한결같은 자세를 잃지 않았다. 전의 현감을 그만두고 고향으로 돌아갈 때 제일 먼저 챙긴 것도 당연히 책이었다. 10개월의 재임 기간 동안 구입하여 읽었던 책이 '의례' 38책을 포함 136책에 달했다 한다.

그러나 대부분의 실학사상이 그렇듯이 선생이 연구한 학문적 결과는 당대에 크게 현실화되지는 못했다. 하지만 이후로도 많은 위정자와 학자들이 끊임없이 그의 저작을 필요로 했을 정도로 선생의 학문은 후세에까지 커다란 영향을 미쳤다. 그중 구한말의 재미난 일화 하나를 소개한다.

구한말, 외세로부터 나라를 지키고자 쇄국정책을 폈던 대원군도 근대화의 필요성에 대해서만은 절실했던 것 같다. 집권 당시 『이수신편(理藪新編)』이라는 책을 애타게 찾았다는 사실만으로도 그런 짐작이 가능하다.

『이수신편』은 요즘으로 치면 이과(理科) 분야를 다룬 책이다. 총 7권으로 이뤄진 이 책에는 과학·천문학·수학·음악에 대한 해박한 지식이 서구 이론을 수용하여 잘 설명되어 있다. 우주 창조의 동양적 해석인 태극도가 실려 있고, 우주의 원리와 작용인 이(理)와 기(氣)의 문제, 별자리, 지리 등에 관해서도 자세히 연구되어 있다.

이 책이 쓰여진 때는 1700년대 중반, 저자는 바로 이재 선생이다. 대원군이 이 책을 수소문한다는 소식을 접한 이재 선생의 6대 후손은 집에 보관하고 있던 『이수신편』을 신주단지 모시듯 정성껏 싸안고 운현궁으로 직접 대원군을 찾아갔다. 책을 받은 대원군은 어찌나 고마웠던지 책을 가져온 분에게 소원을 묻는다. 벼슬 한자리쯤을 염두에 둔 질문이었겠지만 그분의 소원은 누구도 생각지 못한 의외의 것이었다.

"전라도 순창 회문산(回文山)에 있는 명당인 오선위기혈(五仙圍碁穴)에 묘를 한 자리 쓰는 것이 소원입니다."

'다섯 신선이 모여 바둑을 두고 있는 형상'으로 알려진 이 묏자리는 당시 호남 최고의 음택지로 소문이 나 있었다. 그리고 그 자리는 만일사(萬日寺)라는 절 내에 위치하고 있었다. 만일사는 무학대사가 이성계를 위하여 기도를 했다고 전해지는, 나름으로 유명한 절이다. 이성계가 무학대사를 만나러 만일사에 왔다가 절 아래 동네에서 고추장을 맛보았는데, 이 고추장이 바로 오늘날 순창이 고추장의 명소로 알려지게 된 계기였다고도 한다.

대원군은 그의 소원을 들어준다. 대원군의 명으로 만일사(萬日寺)의 칠성각(오선위기혈 자리)은 자리를 옮겨야 했고, 그 자리에는 황씨 집안의 묘가 들어서게 되었다.

이 묏자리 쓰는 작업을 했던 분이 바로 어머니의 사촌인 석전(石田) 황욱 선생(이재 선생의 7대손)이다. 대원군에게 소원을 말하고 묏자리를 얻은 분은 어머니의 큰아버지이신 황효익(1875~1927) 선생이다. 우리 외할아버지는 5남 1녀 중 넷째 아드님이셨고, 황효익 할아버지는 장손이셨다. 현대에 와서 외가댁에 교수와 학자가 많이 난 이유가 이 묏자리 때문이라고 말하는 사람들도 간혹 있다.

구한말에 절실히 필요했던 책이 『이수신편』이었다면 현대에 와서 주목을 받고 있는 선생의 저작은 『이재난고(頤齋亂藁)』이다.

『이재난고』는 선생이 열 살 때인 1738년부터 쓰기 시작해 숨지기 이틀 전인 1791년 4월 15일까지, 무려 43년 동안 꾸준히 써내려간 일기(日記)이다. 총 57권에 이르는 이 저작은 조선왕조실록의 3분의 1에 해당하는 방대한 분량으로 원고지 2만 9천여 장, 글자 수 5백 27만 4천여 자에 이르는, 현존 일기 가운데 최대 분량을 자랑한다.

정신문화연구원은 1994년부터 이 책의 탈초(脫草; 초서를 정자로 옮기는 일) 작업을 시작해 2003년에 이르러서야 『이재난고』 활자 본 전9권을 완간했다. 정자체로 옮기는 데만 무려 10년이 걸렸다니 그 분량이 상상 이상임을 짐작할 수 있다.

그러나 『이재난고』가 조선 시대 여느 선비의 일기와 구분되는 점은 단지 방대한 분량에서만이 아니다. 그 안에 한 개인의 세세한 일상은 물론 관직 생활 등이 일목요연하게 정리되어 있고, 직접 경험했거나 전해들은 기근, 가뭄, 홍수와 전염병 및 피해 상황 등 당대에 일어난 사건들이 꼼꼼하게 기록되어 있기 때문이다. 현대의 학자들은 이 책을 통해 조선 후기의 전형적인 사대부 삶은 물론 당대의 현실과 백성들의 삶, 그리고 학문의 동향까지 다방면에 걸쳐 그 시대를 읽어 내고 있다.

당시 백성들의 삶을 읽을 수 있는 한 예로 1786년 12월과 1787년 4월의 일기 한 대목을 읽어 보자.

충청도 진천의 한 작은 면에서 3년 사이에 여덟 명이나 목숨을 잃었고, 경상도 상주에서는 호환 때문에 큰놈은 100냥, 중간치는 50냥, 작은 것은 30냥의 현상금을 걸자마자 하루 사이에 20여 마리나 잡혔다고 한다.

올해 4월 19일 비가 오기 시작하여 개기도 하고 쏟아지기도 하며 40일을 끊이지 않았다. 서울의 평지 수심이 수척이나 되고 청계천의 커다란 돌제방의 모서리가 무너졌으며, 민가와 군 막사가 휩쓸린 것이 극히 많았다.

지금은 희귀동물이 된 호랑이가 그 시절에는 현상금이 걸릴 정도로 백성들에게 공포의 대상이었고, 그럴 만큼 상당한 수의 호랑이가 살았음을 알 수 있다. 또한 1787년의 장마가 어느 정도의 규모였는지도 알 수 있다. 몇 줄의 글에서도 이런 것들을 알 수 있으니 그 방대한 분량의 일기에 들어 있는 정보만 따지더라도 얼마나 가치가 클 것인지 짐작할 수 있다.

한국학중앙연구원에서는 『이재난고』 완간 4년 후인 2008년 1월에 『이재난고로 보는 조선 지식인의 생활사』라는 책을 출간했다. 이 책은 『이재난고』에 담긴 방대한 정보를 어학·문학·경제·역사·미술사 등 각 분야의 학자 8명이 나누어 분석한 연구서이다. 지금도 다양한 분야의 학자들이 『이재난고』를 연구하고 있으며, 이후로도 또 다른 연구서들이 계속 발간될 것으로 짐작된다.

말년인 1787년, 선생은 당신이 살아온 학문적 삶을 되돌아보며 일기에 다음과 같은 구절을 적었다.

나는 젊었을 때 글을 읽고, 글씨를 베끼었다. 별을 관측하고, 달을 보고, 점치기 위해 높은 곳에 올라가 멀리 바라보기도 했다. 촛불을 밝히고 밤을 지새우며 마음을 쓰고 정력을 소비했다. 그래서 경서와 역사서, 심성이기(心性理氣), 성음(聲音), 전예(篆隷), 도화(圖畵), 의약(醫藥), 상수(象數) 일체와 구류백가(九流百家)에 대해 사색하지 않음이 없었다.

평생을 써 온 선생의 일기는 63세 때인 1791년, 사흘 전에 태어난 셋째 손자를 처음 마주하고 이름을 지어 주는 것으로 마무리된다. 이재 선생은 학문하기를 즐긴 고매한 학자였을 뿐 아니라 가정사에도 세밀한 관심을 기울이는 좋은 할아버지였음이 분명하다.

경무대 앞에서 365일 1인 시위를 하는 노인

한 시대를 살아가는 개인은 역사 속에 존재하면서 동시에 그 역사를 만들어 가는 주체이기도 하다. 구한말에서 일제강점기를 거쳐 해방 정국을 맞고, 이후 미군정기와 한국전쟁 그리고 분단에 이르는, 그야말로 파란만장했던 대한민국의 근현대사. 그 역사 속에서 개개인은 역사의 주인이기도 했고 한때 객(客)이 되기도 했으며, 피해자이기도 했고 또한 의도치 않은 가해자가 되기도 했다.

내게는 육촌 아저씨가 되는 석전(石田) 황욱(黃旭) 선생을 떠올리자면 역사와 개인의 관계에 대해서 다시 한 번 숙고하게 된다. 때로 역사가 한 개인에게 부과하는 짐이 얼마나 무겁고 가혹할 수 있는지, 또 한편으로 한 개인이 평생을 바쳐 일구어 내는 역사는 또 얼마나 대단한 것인지 생각하게 된다는 말이다.

1898년 고창에서 황효익 할아버지의 5남 3녀 중 둘째로 태어난 석전 선생은 3남 1녀를 두었다. 15대를 내려온 문한세가(文翰世家)의 후예답게 선생은 한학과 서예에 몰두했지만 자식들에게는 신학문을 공부시켰다.

그런데 그중 두 아들이 사회주의사상에 경도되어 독립운동을 겸하여 사회주의운동을 해 왔다. 식민 치하에서 독립을 꾀하는 데 참여하는 것이 이들에게는 너무도 당연한 일이었고, 독립을 위해서라면 어떤 사상이라도 수용할 용의가 있었던 것이다.

해방 직후부터 좌익 활동을 시작한 큰아들(황병선)은 6.25전쟁 때 남로당 전주시 당위원장이 되어 나타났다. 북한군 철수 후에도 지리산에서 빨치산 활동을 하며 마지막까지 투쟁했던 병선이 형은 빨치산 궤멸 후 은신 중에 복부 관통상을 입고 체포되었다. 그리고 군법회의에서 사형을 언도받았다. 더구나 둘째 아들(황병옥)은 전쟁 중 사회주의사상을 쫓아 월북했다.(병옥이 형은 월북 후 모스크바에서 철학을 공부한 후 김영직 사범대학 철학 교수를 지냈다)

월북한 둘째 아들을 안타까워할 겨를도 없이 선생은 큰아들의 목숨을 구하기 위해 백방으로 손을 써야 했다. 원래 천석지기요 선생의 외가 또한 만석지기여서 남부러울 것 없이 살아왔지만 그 많던 재산이 한순간에 물거품처럼 사라져 버렸다. 모든 노력은 헛수고가 되고 병선이 형은 죽는 날을 기다리는 처지가 되고 말았다. 백방으로 둘러봐도 방법이 없었다.

하지만 선생은 포기하지 않았다. 아들의 생사가 걸린 문제였다. 마지막 하나, 대통령에게 직접 호소하는 길이 남아 있지 않은가. 선생은 여비만 달랑 챙겨 상경했다. 몇 달 전과는 형편이 그렇게 달라져 있었다.

선생은 남의 집 다락방에 몸을 의탁하면서 화선지에 눈물로 써내려간 진정서를 들고 매일 경무대로 출근을 했다. 어떻게든 대통령께 진정서를 전해야 했다. 경비원을 붙들고 사정도 해 보고 진정서를 가슴에 품은 채 몇 날 며칠을 경무대 앞에 버티고 서 있어도 보았다. 지나가는 대통령을 만날 수 있을까 해서였다. 그러나 그런 기회는 찾아오지 않았다.

우여곡절 끝에 비서관 하나를 붙들 수 있었지만 자초지종을 들은 비서관은 눈도 꿈쩍 안 했다. 좌익의 '좌' 자만 들어도 경기를 일으키는 사람들이 많던 시절이었다. 전쟁이 끝난 지 얼마 되지도 않았으니 어찌 생각하면 당연한 일이었다.

선생은 매일 경무대 앞을 서성이면서 여러 궁리를 해 보았다. 궁리끝에 전에 만났던 비서관의 어머니를 찾아갔다. 부모라면 아들의 목숨을 살리고픈 당신의 심정을 십분 이해해 줄 것만 같았다.

마침내 그 비서관이 진정서를 대통령에게 전하는 날이 와 주었다. 선생의 진정서를 전해받은 이승만 대통령은 대뜸 "이 글씨를 누가 썼느냐?"부터 물었다 한다. 선생의 빼어난 글씨가 먼저 눈에 들어왔던 모양이다. 그리고 이어 진정서의 내용을 읽고는 "참 좋은 아버지를 두었다."고 감탄을 했다.

아버지의 지난한 노력의 결실로 병선이 형은 '무기형'으로 감형을 받아 목숨을 건졌다. 그리고 윤보선 대통령 시절 다시 20년형으로 감형받았다. 그런데 형을 마치고 출옥한 병선이 형은 안타깝게도 선생보다 일찍 세상을 떠났다. 암이었다. 그 오랜 세월 영어의 몸으로 지냈으니 몸이 성할 리가 없었다.

선생은 병선이 형이 감형된 이후 고향으로 내려와서는 두문불출하고 이전보다 더욱 열심히 글씨를 썼다. 월북한 둘째 아들에 대한 그리움도 컸을 텐데 그 형에 대해서는 일체 말씀이 없었다. 그냥 묵묵히 세월을 버티면서 오직 글씨 쓰기에만 매진했다. 그리고 그 결과, 선생은 대한민국 서예사(書藝史)에 큰 족적을 남기셨다.

어려서 외가댁에 갔을 때나 교동 집에서도 선생을 자주 뵈었지만 그때까지는 그분이 그렇게 대단한 분인 줄 알지 못했다. 늘 글씨를 쓰고 책을 읽고 시를 읊으시는 등 고풍스러운 모습이 인상 깊어 '이 시대 마지막 남은 선비시구나' 생각한 적은 있다. 하지만 그 당시에는 그분의 인생 자체가 서예 분야에 있어 새로운 역사를 써내려가는 한 과정이었음을 전혀 짐작조차 하지 못했다.

선생이 세상에 이름을 드러내신 때는 1973년, 75세 때이다. 이전에도 선생의 필체가 훌륭하다는 사실은 널리 알려져 있었고 인촌 김성수, 담원 정인보 등 선생의 글씨에 매료된 지인들도 많았다. 하지만 공모전이나 서예대전 같은 글씨 겨루기에 참여하신 적이 없어 대한민국 서단(書團)에 공식적으로 알려진 바가 없었다. 그저 선비가 익혀야 할 육례(藝·樂·射·御·書·數)를 익히고, 그중 서예가 좋아 글씨 쓰기를 즐겼을 뿐 선생은 원체가 세상 공명심에 관심을 두는 분이 아니었다.

　1973년, 셋째 병근이 형이 부모님 결혼 60주년 기념으로 마련해 드린 첫 전시회가 석전 선생을, 엄밀히 말하면 선생의 글씨를 세상 밖으로 끌어내는 계기가 되었다.

　전주 시내 작은 다방에서 소박하게 꾸려진 첫 전시회는 의외의 열띤 반응을 얻어 이듬해인 1974년 동아일보사 후원으로 서울(문예진흥원미술관)에서 개인전이 열렸다. 이 개인전으로 선생은 은자(隱者)의 생활을 접고 중앙 무대에 첫발을 내디뎠다. 그리고 이후로 95세, 생을 마감할 때까지 20년 동안 쉬지 않고 작품 활동을 계속했다.

　그런데 선생을 서예사에 한 획을 그은 분으로, '추사 김정희 이후 한국 서단의 최고의 대가'로 예우하는 것은 그 왕성했던 작품 활동 탓이 아니다. 선생의 필체에서 묻어나는 그분의 인생 자체가 서도인(書道人)으로서 도달할 수 있는 최고의 경지에 이르렀기 때문에 그런 예우를 받는 것이다. 현대에는 예(藝)에 초점이 맞춰져 '서예'라는 명칭이 일반적이지만 사실 예전에는 '서도(書道)'라 하여 글씨 쓰기를 도(道)로 여겼다. 선생은 평생을 예가 아닌 도로서 글씨를 써 오신 예술인이었다.

　선생이 붓을 들기 시작한 것은 5세부터라 한다. 1918년에는 근촌 백관수의 권유로 서울의 중앙고보에 입학했지만 한학을 하신 큰할아버지의 엄명으로 자진 중퇴하고 낙향했다. 이후 선생은 금강산에 들어가 돈도암에 머물면서 10년 동안, 망국의 한을 달래며 한학과 서예에 전념했다. 이때 송나라의 명필 조맹부체를 비롯해 왕희지, 구양순체를 섭렵하고 1930년 고향 고창으로 돌아와 해방될 때까지는 시

(詩)·서(書)·화(畵) 삼절(三絶)이었던 신위(申緯)를 사숙하며 육례를 익혔다.

하지만 60세 이후 오른손에 수전증이 오면서 선생의 서예 인생은 위기에 처한다. 하지만 선생은 글씨 쓰기를 멈출 수가 없었다. 글씨 쓰기가 당신의 인생 자체였기 때문이다.

필사적으로 타개할 방법을 찾던 선생은 고서를 뒤져 옛 중국에 악필(握筆)이라는 독특한 필법이 있었음을 알아냈다. 악필이란 송곳을 쥐듯이 붓을 쥐는 방법으로 붓을 손바닥으로 거머쥐고 붓의 꼭지 부분을 엄지로 꽉 눌러 붓을 고정시켜 글씨를 쓰는 필법이었다.

선생에게 맞는 필법을 발견했지만 이를 숙지하는 것은 결코 쉬운 일이 아니었다. 선생은 꼬박 1년 동안 먹고 자는 시간을 제외하고 온종일 붓과 씨름했다. 자다가도 우연히 눈이 떠지면 다시 붓을 잡았다. 그리고 마침내 악필을 자유자재로 구사할 수 있게 되었다.

행서와 초서를 쓰던 이전에도 선생의 필체는 훌륭했지만 악필법은 선생의 인격과도 꼭 들어맞는 필법이었다고 전문가들은 말한다. 악필법은 일체의 기교가 배재된, 마음과 손이 서로 호응하지 않으면 안 되는 심법(心法)의 글씨였기 때문이다.

선생은 85세에 이르러 다시 오른손 악필에도 곤란을 느끼면서 87세부터는 왼손 악필을 시도했다. 그리고 돌아가실 때까지 왼손 악필로 작품 활동을 했는데 특히 90세 이후에 많은 작품을 남겼다. 글자 한 자가 1m를 넘는 지리산 화엄사 일주문의 〈지리산대화엄사〉 편액, 김제 금산사의 〈대적광전〉 편액 모두 90세 이후에 쓴 작품이다. 선생은 사업차 북한을 방문하는 김우중 대우그룹 대표를 통해 금강산의 돈 도암에 현판을 새로 써 보내기도 했다.

혹자는 선생의 글씨를 살아 움직이는 산맥에 비유했고, 이종석 전 동아일보 논설위원은 '풍상의 인고를 견디며 오히려 더욱 푸르르고 싱싱한 노송의 강기(强氣)'에 비유했다. 또 어디선가는 다음과 같은 감상평을 읽은 적도 있다.

"그의 글씨를 보노라면 백두산에서 한라산으로 이어지는 한 폭의 백두대간 앞에 서 있음을 느낀다. 골짜구니와 등성이가 조화를 이루며 가파랗게 또는 완만하게 끊어질 듯 이어지는 백두대간. 뼈만 추려 놓은 것 같은 그 산맥 사이로 금강산 구룡폭포의 굉음이 들려온다. 또 수만 년을 숨쉬어 온 모악산 기암괴석 사이에 뿌리를 박은 노송(老松)을 스치는 솔바람 소리도 들린다."

글씨에서는 이렇게 산맥이 꿈틀대는 듯한 힘이 느껴지는데 오히려 선생이 생전에 늘 강조한 서예가의 덕목은 허완(虛腕) 즉, '어깨의 힘 빼기'였다. 어깨에 힘이 들어가면 서예의 생명인 획이 자연스러울 수가 없고, 딱딱하게 굳어 버린다는 것이 선생의 지론이었다.

"욕심을 버리고 무심(無心)의 상태가 되어야만 붓을 통해 자연스럽게 살아 있는 글씨가 나온다."는 선생의 말씀은 당신의 인생살이를 대변하는 말이기도 할 것이다.

선비의 한 전범을 보이며 밖으로는 굴곡진 대한민국 근대사의 격랑을 헤치고, 안으로는 신체적 한계를 뛰어넘어 뜨거운 예술혼을 불태운 석전 선생. 어쩌면 분단이라는 비운의 역사가 선생에게 던져 준

무거운 짐이 당신의 서예 역사를 써내려가는 데 거름이 된 것은 아닐지, 조심스럽게 생각해 본다. "난세가 시인을 낳는다."는 말이 괜히 있는 게 아니지 않은가.

연좌제가 풀린 후 전북도립국악원장을 지내는 등 활발하게 활동하고 있는 병근이 형(현 우리문화진흥회 이사)은 1995년 석전 선생이 평생 수집한 각종 문화재 5천여 점을 국립전주박물관에 기증했다. 누구나 국립전주박물관에 가면 따로 마련된 '석전기념실'에서 선생의 웅대한 서예 작품과 생전에 소장했던 고서화와 조선 시대 간찰 등을 언제든 관람할 수 있다.

친일파 명단에서 할아버지 이름을 발견하다

나는 나의 친할아버지(김병직, 1879~1938)를 존경한다. 생전에 뵌 적은 없지만 아버지께 전해 들은 바로 할아버지는 강직한 선비였으며 청빈한 관료였다. 또 부귀영화에 관심을 두기보다 당신 재산을 아낌없이 헌사해 많은 인재를 양성하신, 김씨 집안의 큰 어른이었다.

수금리에는 조상님 제사를 지내는 제각이 따로 있는데 그 제각도 할아버지께서 사재를 털어 지었다. 지금도 일 년에 두 번 장파, 중파, 계파(중간 시조의 장남 자손과 둘째의 자손, 나머지 형제들의 자손 이렇게 세 개의 파가 있다)의 장손들이 모여 이곳에서 제사를 지낸다. 특히 10월 20일에는 14대 선조까지 시제를 모신다.

또한 할아버지는 돌아가실 때까지도 수금리 김씨 집안의 똘똘한 친구들을 전주로 불러들여 어떻게든 공부를 마치도록 물심양면으로 성심껏 도왔다. 그래서 지금도 그분의 은혜를 얘기하는 친척들이 많이 있다.

전주 북중학교 시절, 3학년 담임선생님을 맡았던 김동문 선생님의 아버님도 할아버지께서 전주로 불러 공업학교를 졸업시킨 분이었다. 국어과목을 담당했던 김동문 선생님은 당시 아주 엄격한 훈육주임으로 유명했다.

그런데 그분이 다른 반으로 편성되었던 나를 당신 반으로 데리고 갔다. 사실 그분의 아버님이 할아버지 형님의 손자였으니 그분은 내게 조카뻘이었다. 그래서 3학년 내내 나는 그분을 선생님이라 불러본 적이 없다. "동문이, 동문이." 이렇게 부르면서 그 또래가 저지를 수 있는 온갖 사고를 치고 다녔지만 선생님은 나를 어르고 달랬을 뿐 특별히 벌을 주지 않았다. 나와 같이 다니던 친구들은 아직도 "네 덕에 맞을 것을 덜 맞았다."고 얘기한다. 나는 그 모두가 할아버지 덕분이었음을 한참 후에야 알았다.

그런데 내가 할아버지를 특히 존경하는 이유는 다른 데 있다. 그때만 해도 낙후했던 정읍의 한 촌에서 과감하게 서울로 유학해 공부를 한, 할아버지의 '선구자적인 면모'를 나는 특히 존경해 왔다.

모두들 상투를 틀어 매고 있던 시절에 그 시골에서 서울로 유학할 결심을 했다니, 지금 생각해도 어떻게 그런 결심을 할 수 있었는지 경이롭게 느껴진다. 당시 할아버지의 유학 결심은 아마 1969년 내가 미국 유학을 결심했던 것보다 더 과감하고도 힘겨운 일이었을 것이기 때문이다.

할아버지는 증조할아버지(김인권, 1842~1910)의 2남 3녀 중 막내 아들로 태어나셨다. 증조할아버지는 한학을 하며 농사를 지었는데 세 분의 증조할머니를 두셨다. 앞의 두 할머니께서 일찍 돌아가셨기 때문에 어쩔 수 없이 그렇게 되었다. 할아버지는 세 번째 증조할머니의 자식으로 막내아들이었다.

할아버지는 역사적 격변기에 당신의 인생을 스스로 개척해야만 했다. 아들의 인생길을 안내하기에는 증조할아버지께서 너무 연로하셨기 때문이다. 더구나 증조할아버지는 할아버지가 18세 되었을 때 돌아가셨다. 할아버지는 선친이 돌아가신 후 스스로 서울 유학을 결정하신 것이다.

나는 배를 타고 미국 유학길에 올랐다. 미국에 도착하기 전까지 배 위에서 아주 긴 시간 동안 많은 생각들이 오갔다. "대한민국의 경제를 선진국 수준으로 끌어올리려면 열심히 공부해야 한다."며 나름으로 포부는 컸으나 낯선 땅에 발 디딜 생각을 하니 한편 두렵기도 했다. 하지만 그래도 나에게는 아버지가 계셨다. 아버지의 믿음이 내게는 힘이 되었고, 용기가 되었으며, 갈채가 되었다.

하지만 할아버지께서는 든든한 후견인도 없이 당신 인생을 홀로 개척하기 위해 서울행을 택하셨다. 더구나 그때는 을사조약(1905)으로 대한제국이 일본의 보호국으로 전락된 상태였다. 서울로 가는 그분의 심정은 미국으로 떠나는 나의 심정 이상으로 착잡하기 이를 데 없었을 것이다. 개인의 일신 영달만 쫓는 분이 아니었기에, 어쩌면 가슴에 비장한 각오 같은 것이 들어 있었을지도 모를 일이었다.

그때 그 배 위에서 나는 한참 동안 할아버지 생각을 했다. 할아버지께서 그 시절, 그렇게 당신 길을 적극적으로 개척해 나가지 않았다면 아마 미국 유학을 떠나는 김철 또한 존재할 수 없었을 거라는 생각도 들었다. 생각이 거기까지 미치다 보니 그동안 아버지 한 분만이 내 든든한 후원자가 아니었음을 깨달을 수 있었다. 그동안 아버지 이상으로 나를 지켜보신 분이 할아버지구나, 그런 생각까지 들었다. 이후로 아르바이트를 하며 어렵게 공부할 때도 나는 할아버지와 할아버지가 살았던 격변기를 생각하며 흐트러진 마음을 바로잡아 심기일전하곤 했었다.

그런데 가족사를 정리하기 위해 자료를 수집하던 중 뜻밖에도 2009년 10월에 발간된 『친일인명사전』에서 할아버지의 성함을 발견했다. 청천벽력 같은 일이었다. 일제강점기에 군수에까지 오른 고급 관료였으니 어쩌면 그것만으로도 친일이라면 친일이랄 수 있을 것이었다. 그러나 그 시대의 모든 군수가 친일 명단에 있는 것도 아닌 걸 보면 그 기준이 따로 있지 않을까 싶었다.

나름으로 여기저기 조사해 본 결과 할아버지께서 특별히 일제에 부역한 사실을 따로 찾을 수는 없었다. 다만 재직 중 받았던 훈장과 퇴직 후 받은 공로훈장이 친일 명단 작성 기준에 들어간 모양이었다. 유족으로서 무척 가슴이 아프지만 어쩔 수 없는 노릇이었다.

할아버지는 1878년, 구한말 역사적 변혁기에 정읍군 정우면 수금리에서 태어나셨다. 어려서부터 머리가 비상했던 할아버지는 5세 때부터 글을 읽기 시작해 10대 초반에 이미 사서삼경을 떼 열 살 위의 형에게는 물론 증조할아버지의 사랑을 듬뿍 받았다. 또한 주변의 한학

하시는 어른들에게 불려다니며 그 실력을 검증받기도 했는데, 특히 한시(漢詩)를 짓는 능력이 뛰어나 크게 칭찬을 받았다.

16세 때는 호남의 중심이었던 전주에서 치러진 백일장에서 장원을 해 호남 전역에까지 할아버지의 이름이 알려지는 계기가 되었다. 그 즈음 신문에 발표한 여러 편의 한시가 아직도 기록되어 전해지며, 순창 군수 시절 쓰신 한시 현판도 두 개나 전해진다. 그 하나가 선운사 만세전에 있는 것이고, 다른 하나는 순창의 향교에 있다.

할아버지가 관직에 등용된 것은 한일합방(1910년) 이전, 대한제국 때의 일이다. 할아버지는 1908년 12월에 관립 법관양성소를 졸업한 후 바로 다음해 2월 광주지방재판소 전주구재판소 서기과에서 공직을 시작했다. 일본은 1909년 10월 대한제국의 각급 재판소와 법부, 감옥을 모두 폐지하고 통감부에 흡수해 사법권을 완전히 장악했다. 할아버지는 대한제국의 명으로 재판부에 발령을 받은 마지막 세대였던 것 같다.

할아버지가 졸업한 법관양성소는 1895년, 사범학교나 소학교 설립 이전에 가장 먼저 설립된 법부(法部) 직할 근대식 교육기관으로 서울 법대의 전신에 해당하는 학교다. 을미개혁기였던 1895년에 고종이 반포한 칙령 49호 '법관양성소 규정'에 따라 설치된 이 학교는 기존 전통 법학과는 사뭇 다른 서구 법학을 수용해 전문적인 근대 법학 교육을 실시했던 곳이다.

우리나라의 사법제도는 같은 해 공포·시행된 법률 제1호 '재판소 구성법'에 의해 한성 및 개항장 재판소, 최고재판기관인 고등재판소 등 5종의 재판소를 두면서 행정으로부터 완전 분리돼 사법부 독립의 기틀을 마련한다.

법관양성소는 이후 1909년에 법학교, 1911년에 경성전수학교 등 여러 차례 변화를 거쳐 광복 후인 1946년 국립서울대학교 법과대학으로 승계 발전되었다. 서울대학교는 2010년 10월, 서울대학교의 역사를 1946년(개교년도)이 아닌 법관양성소 설립 시점인 1895년(개학년도)으로 재정립한다고 발표하면서 법관양성소의 중요성을 새롭게 부각시키기도 했다.

헤이그 밀사로 파견되었던 이준 열사가 법관양성소 1회 졸업생이며, 이후로도 많은 인재가 이 교육기관을 통해 배출되었다. 이승만 내각 때 3대 부총리를 했던 함태영도 이곳 출신일 정도로 법관양성소는 인재 양성의 산실이었다.

할아버지께서 어떻게 그 촌에서 이 근대적인 교육기관에 관한 정보를 듣고 상경해 공부할 수 있었는지, 때로 신기하기도 하고 대단하다는 생각도 든다. 더구나 그곳에 합격할 수 있을 만큼 실력이 출중했음을 생각하면 존경스러울 따름이다.

할아버지는 1910년 한일합방 후에도 유임되어 계속 전주구재판소 서기과에 근무를 했다. 이후 1912년 3월 관제 개정으로 광주지방재판소 전주지청 서기과 서기로 소속이 변경되고, 1915년 2월부터는 전주지청 서기과 통역생을 겸하기도 했다. 이후 여러 보직을 거쳐 1923년에는 전라북도 고창군에서 권업과장을, 1925년에는 장수군에서 서무주임으로 근무를 했다.

할아버지께서 전라북도 순창 군수로 부임한 것은 1927년 1월이었다. 그리고 1930년부터는 고창 군수로 옮겨 근무하다가 1931년 12월 건강 때문에 퇴직했다. 그리고 1938년 전주에서 지병으로 세상을 하직하셨다.

할아버지의 장례식은 당시 관할이었던 전주의 테니스장에서 성대하게 치러졌다. 저 산골의 촌로부터 고위 관료까지, 장례식장에 조문객이 하도 많아 사람들은 할아버지의 인품에 대해 다시 한 번 크게 칭송을 했다 한다. 그 테니스장은 우리 자랄 때까지 그대로 있었는데 지금은 그 자리에 오피스텔이 들어섰다.

20년 넘는 관직 생활에 순창 군수, 고창 군수 등 군수를 지내셨지만 할아버지께서 "청빈한 관료로서 사람들로부터 크게 존경을 받았다."는 아버지의 말씀을 나는 그대로 믿는다. 오죽하면 어머니께서 집안이 기운다며 아버지와의 혼사를 마다했겠는가. 할아버지께서 권력을 남용한 분이라면 그런 일은 결코 없었을 것이다.

큰아버지와 아버지 형제분이 전주고보 재학 중 항일 학생운동 사건(전주고 맹휴사건 당시)에 연류되어 퇴학을 당했을 때, 할아버지는 순창 군수로 계셨다. 그럼에도 두 아들은 퇴학을 당했고 당시 평양의 오산학교와 함께 민족운동의 산실로 여겨졌던 고창고보로 전학을 했다. 사실 1919년 6월에 개교한 전주고보 또한 공립이었음에도 조선 학생들은 일제에 저항한 예가 많았다. 그래서 초기에는 졸업생이 20여 명 정도에 그쳤다 한다.

아버지 말씀에 의하면 사건이 벌어졌을 때 할아버지께서는 형제를 크게 나무라지도 않았고 퇴학 명단에서 제외시키려 따로 손을 쓰지도 않으셨다 한다. 그냥 "고창고보로 전학해야겠다."고만 말씀하셨다는 것이다.

할아버지께서 민족의 미래를 생각하는 분이 아니었다면 아마 두 형제분을 고창고보가 아닌 다른 학교로 전학시켰을지도 모를 일이다. 일제의 관직에 계시면서 두 아들의 항일운동을 만류도 없이 지켜만 보시고, 이후로도 민족운동의 본산 격인 고등학교에 보내 공부시킨다는 게 웬만한 배포로는 할 수 없는 일이었을 것이다. 어쩌면 군수로서의 당신의 직책을 뒤흔들 수도 있는 큰 사안이었을 테니 말이다.

『친일인명사전』의 인물들이 발표된 후 이의신청도 많고 항변도 적지 않았다면서 편찬위원장이었던 윤경로 씨는 다음과 같은 글을 서문에 남겼다.

"『친일인명사전』의 편찬 목적은 수록된 개개인에게 역사적 책임을 묻고 비난의 화살을 돌리려는 것이 아니라 과거 사실에 대한 정리와 역사화를 통해 우리 사회의 가치 기준을 바로 세우고, 나아가 후대에 타산지석(他山之石)과 반면교사(反面敎師)로 삼을 수 있는 역사적 교훈을 남기기 위한 데 있다."

나 또한 이분의 말씀에 전적으로 동의한다. 대한민국의 현대사가 과거를 청산하지 않은 채 출발했기에 수많은 질곡을 겪었음을 나 또한 잘 알고 있기 때문이다.

하지만 고급 관리의 아들도 항일운동을 하다가 퇴학을 당하던 시절에 아예 항일운동에는 관심조차 없이 개인의 일신 영달만을 위해 살

있던 사람도 많다. 구체적으로 이름을 거론할 수는 없으나 그들 중에
는 대한민국 정부가 들어선 후 한자리씩 요직을 꿰차고 앉아 권력을
남용한 인물도 많다.

　현실이 이렇다 보니 관료로서 언제나 청빈함을 유지했고, 자식들의
항일운동을 무언으로 격려하신 할아버지께서 『친일인명사전』에 올
랐다는 사실이 가족으로서는 상당히 억울할 수밖에 없다.

호랑이 검사 김완규를 조심하라

아버지께서 전주고보 입학할 때 큰아버지(김완규, 1912~1975)는
이미 전주고보 3학년 학생이었다. 그런데 면접 담당 선생님께서 입학
면접을 보는 아버지께 한 말씀을 하셨다.

"네 형이 감옥 가 있는데 아느냐?"

동생이니 당연히 형의 근황을 모르지는 않았지만 아버지는 그런 사
실이 당신의 입학에 영향을 미칠 거라고는 생각지 못했다. 아버지는
순간, '아, 나는 학교 떨어졌구나' 생각했다고 한다. 다행히 입학은
했지만 아버지도 항일운동을 하다가 퇴학을 당하고 만다.

큰아버지가 학창 시절 연루되어 잠시나마 옥살이를 했던 사건은 당
시 동아일보의 사회면에 크게 보도될 정도로 꽤 문제가 되었던 항일
운동 사건이었다.

당시 전주고보(전주고등보통학교)는 1925년 학교관제 개정으로

'전주공립고등보통학교'로 바뀐 뒤 오사다 교유가 교장으로 부임하면서 한국 학생에 대한 차별이 심해졌다. 민족적 자긍심에 상처를 입은 한국 학생들은 1926년, 3학년이 주동하여 '일본인 교장, 교원 등 4명의 배척, 기숙사 설치 운영, 유도와 검도 교수' 등 5개 요구조건을 내걸고 6월 2일부터 3일간 동맹휴학에 들어간다.

학교에서 동맹휴학 주동자를 퇴학 처분하자 7월 1일, 전교생이 우천체조장에 집결하여 교장을 교문 밖으로 추출하는 사건이 발생한다. 오사다 교장은 경찰을 동원, 학생들을 무차별 연행했고, 이에 2학년 학생 30여 명이 전주경찰서로 가 집단항의를 하는 한편 학생들은 동맹휴학을 결의하고 실천에 옮긴다.

이 사건을 일제가 강압적으로 제지하고 무겁게 처벌하자 전주시민이 함께 일어나 시민대회를 열면서 사건은 점점 사회문제화된다. 시민유지회는 "차별을 금하라."며 교장과 도지사에게 보내는 성명서를 발표하기도 했지만 주도자격의 학생 10명은 소위 치안유지법 위반이라는 죄명으로 감옥에 가고, 1, 2, 3학년 학생 중 54명에게 퇴학 명령이 떨어진다.

당시 동아일보 일면에 실린 긴 사설을 보면 이 사건이 얼마나 큰 사회적 파장을 일으켰는지 실감할 수 있다.

전주고보가 만일 사람을 인격적으로 훈육하는 기관일 것 같으면 그 교장 이하 당국자는 일점의 도의적 책임 관념이 있을 줄 믿는다. …… 어찌 전주고보뿐이랴. 전 조선에 있는 어느 학교를 물론하고 인격의 훈육과 감화가 목

3.1운동 후 일제는 문화정책을 편다고 선전했지만 실상 민족운동을 탄압하는 군과 경찰을 오히려 증강시켰다. 조선인에 대한 교육은 초등교육에 그치고 중등고등교육의 기회는 극도로 억제했으며, 학교에서의 조선인 학생에 대한 차별도 심했다. 그런 상황이니 광주고보, 중앙고보 등 각 고등보통학교 학생들은 일제에 항거, 동맹휴학으로 저항했고, 그러한 분위기가 누적되어 1929년 11월 3일 광주학생운동이 일어났던 것이다.

이 사건을 주동해 잠시 옥살이를 했던 큰아버지는 이후 고창고보로 옮겨 학업을 마친 후 할아버지가 졸업한 법관양성소의 후신인 경성법학전문학교에 들어간다. 그리고 학교를 졸업한 후에는 평생을 법조계에서 떠난 적이 없다.

큰아버지는 처음에 전주지방검찰청 군산지청과 전주지청에서 평검사로 지냈다. 1948년 미군정법령에 의해 검찰청법이 제정되면서 검찰청은 사법부에서 법무부 소속으로 변경된다. 이때 큰아버지는 초대 전주지방검찰청 정읍지청장(1948. 11~1950. 4)으로 발령을 받았다. 정읍으로 전근 가면서 할아버지가 물려주신 학인당 옆 교동 집을 내주서서 우리는 한겨울에 그 집으로 이사를 갔다.

6.25전쟁 후에는 광주지검 순천지청장(1952. 6~1954. 4)으로 가셨는데 전쟁이 끝난 후 형들과 함께 큰아버지를 뵈러 순천으로 놀러 갔던 기억이 있다. 순천에 계시다가 광주고등법원에 검사로 계신 후에는 다시 목포지청장(1958. 9~1960. 6)을 지냈고, 이후에는 춘천지검 강릉지청장(1960. 6~1960. 9)으로 발령을 받아 짧게나마 강원도의 바닷바람을 쐬기도 했다.

큰아버지가 마지막으로 근무했던 곳은 광주고등검찰청(1960. 9~1961. ?)인데 차장검사를 마지막으로 5.16 군사 쿠데타가 일어나면서 큰아버지는 자발적으로 법복을 벗으셨다. 당시 박정희 군사정권은 지방에 요직을 차지하고 있는 사람들에게 공화당 입당을 강요했다. 정의감이 남달랐던 큰아버지와 아버지는 군사정권이 옳다고 생각지도 않았고, 오래 갈 거라 생각하지도 않아서 입당을 하지 않았다고 한다. 이후 큰아버지는 광주에서 변호사를 개업해 활동하셨다.

큰아버지의 학창 시절 정의감은 검사 생활을 하면서도 그대로 이어졌던 것 같다. 우리 형제들 앞에서 보여 주신 모습은 딸이 많아 그런지 여유롭고 부드러우셨지만, 막내 외삼촌에게 전해 듣기로는 그 시절 큰아버지 별명이 '호랑이 검사'였다 한다. 당시만 해도 고위공무원의 부정부패가 공공연하게 자행되는 때였다. 특히 소송사건과 관련하여서는 촌지가 오가며 사건이 유야무야되는 경우도 많았는데 큰아버지는 근무하는 지역마다 촌지 안 받기로 유명한, 아주 엄격한 검사였다고 한다.

큰아버지는 자유당 정권과도 여러 차례 마찰을 빚었는데 그중 유명한 사건이 '정읍환표 부정사건'이다. 이 사건은 자유당 정권이 무너진 1960년 3.15부정선거의 전초전과도 같은 사건이다.

1956년 8월 13일 전라북도 내 전역에서 실시된 제2회 도의원 선거 중 정읍 제2선거구에서 개표 결과 자유당의 엄진섭 후보가 10,126표, 무소속 은종숙 후보가 9,727표를 얻어 결국 엄진섭이 도의원에 당선이 된다.

그런데 선거 후 8월 29일자 동아일보와 경향신문에 경찰관의 조직적인 투표함 바꿔치기가 있었다는 발표가 있었다. 이를 폭로한 사람은 당시 투표함 호송책임자였던 정읍경찰서 순경 박재표였다.

제1투표함과 제3투표함을 정읍군청으로 호송하던 중 정읍 초입의 잔다리목(소성)에서 경찰차 고장을 핑계로 정차하여 투표함을 바꿔치기했다는 것이다. 하지만 어쩐 일인지 수사가 시작되자 박재표는 "사실 나는 목격한 바가 없다."고 진술을 번복한다.

그러니 엉뚱한 방향으로 수사가 진행되어 당시 전주지방법원 재판장이었던 윤재원 부장판사는 오히려 사실무근을 폭로한 혐의로 박재표 순경 징역 1년 6월의 실형, 은종숙 후보 선고유예의 판결을 내려버린다. 변호를 맡은 김기옥 변호사가 박재표에게 양심선언이 사실임을 말하라 권했으나 그가 계속 이를 부인하는 가운데 어렵게 변론을 폈지만 이마저도 소용이 없었다.

그러나 이 사건이 항소되어 광주고등법원으로 넘어오면서 제대로 수사가 진행된다.

당시 광주고검에 있던 큰아버지는 사건을 맡은 양회경 재판부에 검사로 있으면서 처음부터 다시 수사를 시작하고 현장검증을 거쳐 박재표 순경의 양심선언이 사실임을 입증한다. 보통 정상적으로 투표를 했다면 한 장씩 접혀 있어야 하는 투표용지를 쏟아 보고 한 뭉치로 된 것을 확인하고, 사람의 손이 가지 않은 인쇄한 그대로이므로 완전한 환표 사실을 인정한 것이다. 결국 박재표 경찰관은 무죄를 선고받았다.

이 사건은 지금도 대한민국 사법사에 중요한 이정표를 찍은 사건으로 기록되고 있다. 1심에서 관(官)의 손을 들어주었던 사건을 항소심에서 행정부 요청을 물리치고 사실을 밝혀 무죄를 선고한, '사법정의실현'의 소신이 지켜진 중요한 예가 되기 때문이다.

이 판결은 사법정의실현을 넘어 자유당의 선거부정 사실이 전국적으로 파급, 확대되는 데 큰 역할을 했고, 3.15부정선거로 이승만이 하야하는 데 결정적인 계기를 마련해 주었다.

큰아버지께서 맡았던 사건을 모두 아는 것은 아니지만 이 사건 하나만 놓고 봐도 큰아버지가 검사 생활을 어떻게 하셨는지 능히 짐작할 수 있다. 큰아버지는 이 사건으로 이승만 정권의 미움을 샀지만 크게 개의치 않으셨다.

큰아버지와 교우관계가 있던 분들 또한 주로 야당 정치인이었다. 청렴결백하기로 유명했던 윤제술 전 국회 부의장(제7대, 6선 의원)과 친분이 두터웠고, 고창고보 동기였던 강택수 전 민주당 참의원과는 특히 가깝게 지내셨다.

윤제술 부의장은 할아버지와도 친분이 있으셨던 분으로 아버지를 중동학교로 이끈 선생님이다. 또 강택수 의원은 내가 전주고에 다니던 시절 교장 선생님이기도 했다. 우리 형제들은 어려서부터 큰아버지 친구였던 선생님 댁에 세배를 다니곤 했는데 새뱃돈을 두둑이 주셔서 그분 댁에 가는 걸 좋아했던 기억이 있다.

아버지와 큰아버지는 특히 우애가 좋았다. 큰아버지께서 우리 집에 오시면 언제나 아버지와 서로 맞절을 하며 지난 안부를 주고받았는데, 그 장면은 지금도 인상적으로 남아 있다. 바쁜 공직 생활로 자주 오시지는 못했지만 집에 들르실 때마다 두 형제분은 한 방에 누워 밤새도록 불을 켠 채로 도란도란 얘기를 나누셨다.

성격이 활달했던 큰아버지는 아버지뿐 아니라 우리 형제들과도 대화하는 걸 꽤 즐기셨다. "내가 가장 존경하는 인물은 최대교 검사"라며 최대교 검사 얘기를 자주 해 주셨던 기억이 있다. "청렴하기 때문에 강직할 수 있다."는 명언을 남긴 최대교 검사는 일제강점기 때 조선인 절도 피의자를 고문했던 일본인 순사를 기소했던 강직한 검사이다.

그분은 특히 제1공화국 시절 초대 서울지검 검사장 때(1949년)는 이승만 대통령의 명령에도 불구하고 법복을 벗으면서까지 당시 임영신 상공부장관을 사기 및 수뢰혐의로 전격 기소하는 등 소신을 지켰다. 또한 4.19혁명 후 서울고검 검사장으로 복직해서는 3.15부정선거 사범과 4.19 당시 발포 책임자를 기소하는 등 불의와는 절대 타협하지 않는 모습을 보여 주었다.

학창 시절에는 그분에 관한 일화를 그저 재미로만 들었는데 큰아버지의 삶을 되짚어 보니 왜 그분 얘기를 자주 하셨는지 알 것도 같다. 당시 맡았던 사건들을 우리에게 직접 설명하거나 발설하지 않으시고 최대교라는 분을 빗대어 큰아버지를 보여 주셨던 것이 아닌가 싶다. 아마 큰아버지도 그분처럼 매 사건마다 소신을 갖고 일을 처리하셨을 것으로 짐작된다.

그렇게 평생을 호랑이 검사로, 정의를 실천하며 사신 큰아버지는 법복을 벗은 충격이 컸던지 변호사로 활동하시던 중 큰 병을 얻었다. 변호사 생활 10년이 채 못 되어 쓰러지신 후 환갑을 조금 넘긴 연세에 돌아가셨다.

슬하에 4남 6녀, 10남매를 뒀는데 안타깝게도 큰아버지의 큰아들은 내가 군대 가 있던 때, 서른두 살의 나이로 세상을 떠났다. 큰아버지께서 크게 슬퍼하시는 모습을 보면서 나도 마음이 많이 아팠다.

좌익을 하려거든 구슬의 황가처럼 하라

외가가 있는 고창은 6.25 전후 '한국의 모스크바'라 불렸다. 그도 그럴 것이 당시 고창의 학식 있는 젊은이 중 상당수가 사회주의 성향을 갖고 있었다. 해방 후 전라북도에 공산주의 정 당원이 5명이었는데, 그중 4명이 황가였다 한다. 그 황가들은 모두 고창군 성내면 구슬 출신이었다. 우리 집안도 6.25전쟁 전후로 큰외삼촌과 작은외삼촌, 사촌 형들까지 좌익 활동에 발을 담궜다.

대대로 학문의 전통이 깊은 데다 천석지기 만석지기가 존재했던 고창에서는 일제가 들어선 이후로도 교육 열기가 뜨거워 자식들을 서울로, 일본으로 유학 보낸 집이 많았다. 자식 교육에 재산을 쏟아붓는 일이 고창 사람들에게는 너무나 당연한 일이었고, 잃어버린 나라를 되찾는 데 교육만큼 절실하게 필요한 것도 없었기 때문이다.

그렇게 외지에 나가 공부한 청년들은 어떻게든 일제로부터 독립해야 한다는 의식이 투철해 항일운동에 앞장섰다. 이미 백관수, 김성수 등 고창 출신 독립운동가들이 활동하고 있었기에 선배들의 뒤를 이어 항일운동에 뛰어드는 것을 누구도 두려워하지 않았다.

한편, 독립운동과 공부를 하는 과정에서 고창의 청년들은 자연스럽게 사회주의사상을 받아들였다. 피지배자인 조선인의 입장에서 지배자인 일본을 물리치는 데 사회주의사상만큼 그 정당성을 확실하게 피력해 주는 사상도 없었던 것이다.

더구나 1917년 러시아 혁명 성공 이후 전 세계의 지성은 사회주의사상에 경도되어 있었다. 그들은 제국주의의 물결이 전 세계를 공략하는 것이 시대적인 문제라 생각했고, 자본주의 체제가 가져다 준 여러 문제의 심각성에 대하여 개탄을 하고 있었다. 그러니 일본 유학까지 가서 공부하는 청년들이 이런 세계적인 조류에 이끌린 것은 어찌 보면 너무나 자연스러운 일이었다.

고창군 성내면 조동리에 있는 작은 마을 구슬에 사회주의사상을 들여놓은 첫 세대인 황연구(1912~1950)도 그러한 청년 중 한 명이었다. 어머니의 큰오빠이며 내게는 큰외삼촌이 되시는 이분은 서울의 보성고보에 다니던 학창 시절부터 항일운동에 뛰어들어 급기야는 지명수배까지 된 인물이다. 보성고보는 1906년 '구국(求國) 교육'을 위해 설립된 사학으로 3.1운동 때는 손병희, 최린 등의 선생이 33인에 참여했고, 학생들 또한 만세운동 시위대의 선두를 이끌 정도로 항일의식이 투철한 학교였다.

지명수배를 피해 고창에 머물던 외삼촌은 어느 날, 할아버지께서

"나무 좀 사갖고 오라."며 내주신 돈을 들고 일본으로 건너간다. 외할아버지는 처음에는 아들이 의논도 없이 일본으로 건너간 것에 크게 당황하셨지만 이후 외삼촌이 일본에서 공부를 마칠 때까지 물심양면으로 지원을 아끼지 않으셨다.

일본에 도착한 외삼촌은 히로시마(廣島)의 흑문중학교를 마친 후 동경으로 건너가 동경전수대학에 입학해 경제학을 전공했다. 아마도 경제학을 공부하면서 자연스레 마르크스 레닌주의 사상을 접했던 것 같다. 이곳에서도 항일운동의 의식은 깨어 있어서 지하에서 항일운동을 계속하면서 조선의 공산주의운동에도 가담하신 듯하다. 기록에서는 찾을 수 없었으나 해방 후 큰외삼촌의 활동을 염두하면 그런 짐작이 가능하다.

해방 후, 일본에서 돌아온 외삼촌은 고창에서 2년 동안 성내면 면장을 지냈다. 대학 교육까지 마친 외삼촌이 면장을 한 것은 공산주의 조직을 지역에 뿌리내리는 데 일조하는 한 방편이었던 것 같다. 8.15 해방 직후에는 공산주의 활동이 합법적이었다가 1947년 하순부터 남한에서는 공산당이 불법화되어 점점 지하로 내려갔다.

공산주의 활동에서 큰외삼촌의 그때 직책은 전라북도 지도요원이었다. 지도위원장에게 자기 지역의 활동 상황을 보고하고 중앙의 지령을 지역의 요원들에게 전달하는 일을 맡고 있었다. 성내면 면장 2년을 하면서 외삼촌은 이렇게 활동을 했고, 공산주의운동이 지하조직화되면서 수배되어 정읍에서 재판을 받고 3개월 형무소 생활을 하게 된다.

형을 마치고 나온 외삼촌은 서울로 올라가 남로당의 이승엽 계열에서 본격적으로 활동을 하다가 1948년 미군정 특무대에 체포되었다. 이 즈음 남한에 있던 남로당 지하조직도 계속 파괴되어 거의 마비 상태에 이르렀다.

큰외삼촌이 체포되기 전 서울에서 활동할 때, 당시 채 스물도 안 되었던 막내 외삼촌은 고창과 서울을 오가며 일종의 보급책 역할과 함께 고창의 상황을 전달하는 연락책으로 활동했다. 아버지께서 도청에서 운수과장을 하던 때라 서울로 가는 트럭을 수배해 주면 그걸 타고 큰외삼촌에게 쌀이며 먹을 것을 나르기도 했다 한다.

6.25전쟁 후 기록이 모두 사라져 큰외삼촌께서 구체적으로 어떤 사건에 연루되어 체포되었는지는 알 수 없다. 다만 처음 재판에서 사형 언도를 받았다 하니 상당히 크고 묵직한 사건에 연루되었던 것은 분명하다. 이후 무기형으로 감형을 받은 외삼촌은 서대문 형무소에서 형 생활을 하다가 6.25전쟁 3개월 전 공주형무소로 이감되었다. 그리고는 전쟁 발발 후 시신조차 찾을 수 없는 참혹한 죽음을 맞으셨다.

큰외삼촌의 죽음에 대해서는 아직도 확인된 사실이 하나도 없다. 국군이 후퇴하면서 공주형무소에 불을 지르고 도망가 죄수들이 모두 불타 죽었다는 설이 있지만 어디에도 기록이 있는 것은 아니다. 또한 '공주 왕촌 집단 희생' 사건의 희생자일 가능성도 배재할 수는 없다. 기록(국방부 정훈국 전사편찬위원회, 한국전란 1년지)에 의하면 6.25 발발 당시 공주형무소에 있던 83명의 재소자가 대전형무소로 이감되었다고 한다. 그 명단에 외삼촌 성함이 없는 걸 보면 공주형무소에서 희생된 것만이 확실할 뿐이다.

'공주 왕촌 집단 희생' 사건은 6.25 발발 직후인 7월 중순경 당시 공주형무소에 수감 중이던 재소자와 국민 보도연맹원 수백 명을 트럭으로 왕촌에 옮겨 군과 경찰이 집단 학살한 사건이다. 2009년 7월, '진실화해를 위한 과거사 정리위원회' 민간인 집단 희생 유해 발굴 조사단은 공주 왕촌 암매장지에서 집단 매장된 228구 이상의 유해를 발굴했다고 발표했다. 조사단은 이후 발굴이 이어지면 400여 구 이상의 시신이 나올 것으로 예측했다. 발굴단은 또 시신 대부분이 구덩이에 들어가 무릎을 꿇린 채 총에 맞아 죽었으며, 신발을 신은 시신이 하나도 없는 것으로 보아 군이 다급하게 재소자들을 옮겨 학살한 것 같다고 추측했다.

큰외삼촌이 어떻게 돌아가셨든, 그 참혹함은 지금의 우리가 상상하는 이상이었을 것이다. 외삼촌 댁에서는 목각으로 시신을 만들어 선산에 묻어 드린 후 해마다 제사를 올리고 있다. 그러나 제삿날도 그저 짐작으로 날을 받아서 지내고 있으니 자손으로서는 참으로 기가 막힐 노릇이다.

개인적으로 참담한 최후를 맞으셨지만 사회주의사상을 가졌던 큰외삼촌이 구슬의 젊은이들에게 미친 영향은 상당히 컸다. 그도 그럴 것이 외삼촌은 배운 만큼 실천하는 사람이었고, 똑똑했지만 겸손했으며, 그 누구와도 척을 지지 않을 만큼 인품이 후덕한 분이었다.

그분의 인품을 엿볼 수 있는 여러 에피소드가 전해지는데 그중 하나만 얘기해 보자.

대개의 지주들이 그랬듯이 그 당시까지도 외가에는 종이 있었다. 설날이면 마당에 멍석을 깔아 놓고 대문을 활짝 열어 놓았는데, 그러면 종들이 마당에 들어와 멍석 위에서 주인댁 어른에게 세배를 올리는 것이 관례였다.

그런데 외가댁은 외삼촌이 일본서 돌아온 후부터 설날에 대문을 아예 열어 놓지 않았다. 마당에서, 멍석 위에서 세배를 할 것이 아니라 집안에 들어와서 서로 동등한 입장에서 어른께 세배를 올리라는 말씀이었다. 당시만 해도 그런 행동은 동네가 발칵 뒤집힐 정도의 큰일이었다. 윗집 종손 댁의 종손으로부터 한소리를 들었지만 외삼촌은 변함없이 새해가 되면 종들을 안방으로 들여 할머니께 세배를 올리도록 배려했다.

외삼촌이 집안의 종을 동등한 입장에서 대하셨기 때문에 자식들도 그런 의식이 어려서부터 몸에 배어 있었다. 외삼촌의 셋째 아들인 병규 형 말에 의하면 외할머니께서 시집오실 때 몸종으로 데려왔던 남례 할머니 댁에 6.25전쟁 후까지도 형제들이 함께 세배를 다녔다고 한다. 말년에 눈도 안 보이고 거동이 불편하셨던 할머니는 매번 "뭐 때매 왔냐?"며 쑥스러워하셨지만 그분이 돌아가실 때까지 형제들은 멈추지 않고 그 댁에 세배를 다녔다.

외삼촌의 인품이 남다르니 구슬에서는 그분이 품은 사상에 동조하는 젊은이가 늘어났다. 외지에 나가 공부를 하지 않은 젊은이들도 외삼촌이 읽었던 책들을 빌려 보면서, 또 외삼촌과 대화를 나누면서 크게 감화되었다. 또 개중에는 "저런 분이 하는 일이니 옳은 일이겠구나.” 생각하며 사상과는 별개로 외삼촌을 따른 이도 적지 않았다. 어찌 생각해 보면 동학의 본고장인 고창에서, 아주 단순화시키자면 “모두가 평등하게 잘 살자.”는 사회주의사상에 동조하지 않는다는 게 당시로서는 오히려 더 이상한 일이었을지도 모를 일이다.

상황이 이러하니 구슬에서는 한 마을 사람들 대부분이 같은 이념을 가졌던 셈이다. 그래서 좌우익 대립이 한창일 때, 공산주의자를 색출한다고 경찰이 구슬에 들이닥쳐서도 특별히 큰 사건과 연루되지 않는 한 누구도 체포를 할 수가 없었다. 마을 사람들 서로가 서로를 보호했기 때문이다.

또한 6.25전쟁 때 인민군이 내려와 각 마을에서 지주 계급들을 고발하여 처단하고 했을 때도 구슬의 황가 중에는 한 명도 희생된 이가 없었다. 타도해야겠다고 나선 지주 계급이 자기 편이니 해칠 이유가 없었던 것이다. 전쟁 전 마지 못해 우익 쪽의 촉진대에 들어가 조사부장을 했었던 외당숙 황성구 아저씨도 인민재판을 받았지만 인민군조차 차마 그를 해치지는 못했다. 같은 편의 집안사람들이 주욱 서서 보고 있으니 그렇게 할 수 없었던 것이다.

그 시절에는 각 지역에서 한 집안 간에도 골육상쟁을 겪은 예가 많았다. 그러나 다행히 우리 집안에서는 그런 일이 한 건도 일어나지 않았다. 그랬기 때문에 6.25전쟁 후까지도 전라도 지방에서는 “좌익사상을 하려거든 구슬의 황가처럼 해야 한다.”는 말이 공공연하게 회자되었던 것이다.

1990년 독일 통일 후 구 소련이 무너지면서 세계의 역사는 이념의 시대를 벗어났다. 또한 공산국가의 또 다른 축이었던 중국까지 죽의 장막을 거둬 내고 자본주의 시장에 뛰어들어 세계경제를 위협하고 있다. 그러니 이제 그 어느 나라에서도 이념 논쟁은 무의미해졌다.

그럼에도 불구하고 대한민국은 아직도 남북 대치 국면에 있고, 정치권에서는 여전히 색깔 논쟁을 일삼곤 한다. 이런 현실을 감안하면 큰외삼촌에서 시작된 외가댁의 좌익 역사를 얘기하는 일이 한편으로는 조심스러운 것도 사실이다. 그러나 외가 또한 지금의 나를 존재하게 해 준 엄연한 가족이므로 가감 없이 그 역사를 적어 내려가는 것이 옳다는 판단에 큰외삼촌 얘기를 시작하게 되었다.

아홉 살 꼬마 김철이 소년 빨치산이 되려던 찰나

1950년 7월 13일, 방학을 했다. 어른들은 전쟁이 터졌다며 불안해 했지만 전주에서는 아직까지 전쟁을 실감할 수 없었다. 평소처럼 학교에 가서 수업을 받았고, 방과 후에는 운동장에서 뛰어놀기도 했다. 다만 매일 아침 조회시간에 선생님께서 "오늘은 인민군이 어디어디까지 들어왔다."고 얘기를 해 주셨다. 그날은 조회시간에 "대전까지 북한군이 온 것 같다."며 방학에 들어간다고 말씀하셨다. 그때 나는 초등학교 3학년이었다.

방학 이틀 후인 7월 15일, 우리 형제들은 아버지가 준비해 준 목탄 트럭을 타고 어머니와 함께 피난을 떠났다. 피난지는 외가가 있는 고창의 구슬. 우리가 피난을 떠난 지 닷새도 지나지 않아 인민군은 전투도 없이 전주를 점령해 버렸다.

피난을 떠날 때 사실 나는 무서웠다. 어른들의 어두운 표정과 다급한 움직임이 평소와 너무 달라서 무서웠고, 트럭을 타고 험난한 길을 덜컹거리며 달리는 것도 무서웠다. 더구나 정읍에 이르러 숫튼재를 넘어가면서 목탄을 때서 움직이는 트럭은 크게 애를 먹였다. 결국 차가 멈춰 버려 모두들 조바심을 쳤다. 지금은 숫튼 터널이 시원하게 뚫렸지만 그때만 해도 경사도 심하고 구불구불 고개도 많은 숫튼재를 넘어가는 일은 쉽지 않았다. 무사히 숫튼재를 넘고, 소성면을 지나 트럭이 외가에 도착했을 때 어머니는 크게 한숨을 내쉬었다.

그렇게 도착한 외가는 그러나 방학 때마다 들러서 신나게 놀던 그곳이 아닌 것만 같았다. 외할머니와 외사촌 형들이 반갑게 우리를 맞았지만 전쟁 중이어서 그런지 모두들 조심스러운 눈치였다. 무엇보다 마을 분위기가 달라져 있었다. 다음 날 아침 일찍부터 사촌 형들한테 나가서 놀자고 졸랐지만 사촌 형들은 집안에서 놀자며 나를 달랬다. 큰형, 작은형도 모두 풀이 죽어 있었다.

그때는 잘 몰랐지만 인민군이 들어오기 전에 이미 구슬은 좌익의 세상이 되어 있었던 것 같다. 그 시절, 아버지가 공직에 계신데다 큰아버지는 공안검사였으니 우리 식구들은 우익으로 분류되었고, 좌익 세상이 되면 모두 인민재판감이었다. 만일 전쟁으로 세상이 바뀌어도 외가에 가면 무사할 수 있을 거라 판단하셨는지 아버지는 우리를 외가로 보냈다. 그때 아버지와 큰아버지는 부산으로 피난을 갈 예정이었다.

어머니가 큰형과 작은형, 세 살 된 용국이를 데리고 다시 전주로 나갈 때까지 한 달 동안 우리 식구들은 외가댁 주변을 벗어나지 않았다. 가까운 친척들은 당연히 어머니를 반겼지만 먼 부락 사람들은 "반동의 세력이 들어왔다."고 생각했기 때문에 동네를 벗어나는 것은 위험한 일이었다. 어린 우리들은 밖으로 나가 뛰어놀고 싶어도 나가지 못하고 외가댁 주변만 맴돌면서 숨죽이며 하루하루를 보내야 했다.

어머니는 한 달 만에 전주로 나갔다. 그때 전주는 이미 인민군이 장악하고 있었다. 그런데 다행스럽게도 석전 선생의 아들 병선이 형이 전라북도 도당 재정담당 책임자로 전주에 들어와 있었다. 어떻게 알았는지 병선이 형이 어머니를 모셔오라며 외가까지 군용 지프차를 보내 줬다. 지프차에는 친척 중 한 분인 천익이 아저씨가 타고 있었다. 그분은 종손 댁에 살던 분으로 6.25 전부터 큰외삼촌 밑에서 활동을 했었다. 6.25 당시는 면당 조직부장이었다.

한여름 지프차는 초록의 나뭇가지로 뒤덮여 있었다. 어머니는 웬일인지 나와 여동생을 외가댁에 남겨두고 떠났다. 나는 어머니를 따라나서야겠다는 생각도 못하고 어른들이 시키는 대로 영란이를 데리고 그곳에 남았다. 한 달 동안이나 풀이 죽어 있었던 탓인지 아무도 떼를 쓰지도 않았다.

어머니가 가시고 난 후에는 생활이 조금 자유로워졌다. 고창에도 인민군이 들어왔지만 그때는 무섭다는 생각도 들지 않았다. 가끔씩 마을 한가운데 있는 큰 나무 아래 마을 사람들이 모여 회의를 하기도 했다. 하지만 그 외에 내 눈에는 모두가 이전과 별로 다를 바 없이 생활을 하는 것 같았다. 큰외숙모가 여성동맹위원장을 맡는 등 감투를 쓰기도 했지만 그분은 평소에도 별로 말씀이 없는 분이었다. 내 보기에만 그랬는지 모르지만 따로 무슨 활동을 하는 것 같지도 않았다.

나의 일상생활은 이후 조금 달라진 면이 있었다. 인민군이 들어오자 그 마을 아이들 모두가 소년단에 소속되었던 것이다. 우리가 주로 하는 일은 통신병 노릇. 2, 30m쯤에 한 명씩 늘어서서 이쪽 말을 저쪽으로 전달하는 식의 일을 했다. "소년단 오늘 뭐 한다."고 누군가 전달하면 다들 모여서 놀듯이 그렇게 쫓아 다녔다. 내용이 생각나는 것은 하나도 없고 그냥 재미 삼아 놀듯이 말을 전했던 기억이 난다. 저녁나절 청년단과 소년단이 함께 모여 노래를 부르기도 했지만 나머지 시간에는 놀고 싶은 만큼 마음껏 뛰어놀았다.

그곳에서 나는 잠자리 귀신이라 불렸다. 늦여름 땡볕에 얼굴이 시커매질 때까지 육촌 동생인 병록, 병관, 병진이와 함께 잠자리를 잡으러 이리저리 뛰어다녔다. 남의 집 면화를 따먹으면서 신나게 돌아다니던 어느 날엔가는 동네 앞산 언덕에서 잠자리를 잡다가 발에 채이는 해골 때문에 기절할 뻔한 적도 있다. 나중에 들으니 그곳은 보도연맹 가입자들을 학살한 현장이었다. 인민군들도 보복 차원에서 그랬는지 사람을 죽일 때는 그곳에서 죽였다 한다.

해골 발견 이후로 우리는 절대 밤에는 언덕 주변에 가지 않았다. 외가에 가자면 찻길에서 한 5백 미터 들어가 언덕을 넘어야 했는데 고교 시절까지도 밤에 외가댁에 도착하면 냅다 뛰어서 그 언덕을 순식간에 지나가곤 했다.

9월 하순, 인민군은 국군에게 쫓기어 북으로 올라갔다. 구슬 사람들은 술렁거렸다. 마을 전체가 좌익 성향이 강했으니 그때서야 전쟁이 시작된 분위기였던 것이다. 어느 날, 아침을 먹고 있는데 군인이 내려왔다. 아주 가까이에서 총소리가 들려왔고 어른들조차 어쩔 줄 몰라 하며 우왕좌왕했다.

외할머니는 외숙모와 여자들을 데리고 서둘러 피난을 떠났다. 그런데 웬일인지 나와 병규 형은 외할머니를 따라나서지 않고 막내 외삼촌을 따라나섰다. 아마도 그 당시 여자들은 민간인이었던 셈이고, 우리들은 소년단, 청년들은 민청에 소속되어 있었으니 국군이 들어오면 공식적으로 인민군에 부역한 사람으로 스스로들 분류를 했던 것 같다. 그러니 여자들과 남자들의 피난처 자체가 달라질 수밖에 없었고, 외할머니도 우리들에게 외삼촌한테 가라 하신 게 아닐까 싶다.

아무런 판단도 할 수 없었던 나와 병규 형은 젊은 사람들을 쫓아가면 사는 줄 알고 외삼촌이 포함된 7, 8명의 청년 무리를 뒤쫓아갔다. 그들은 찻길이나 오솔길 등 제대로 난 길을 따라서 가는 것이 아니라 논과 논 사이의 작은 샛길들을 따라 계속 달려갔다. 논에는 아직도 추수한 나락이 곳곳에 쌓여 있었다. 앞선 청년들과 백여 미터의 거리가 있었지만 우리는 그들의 뒤를 쫓아 길이 아닌 길을 계속 달려갔다.

애들이 쫓아오는 걸 아는지 모르는지, 냅다 달리기만 하던 그들을 우리는 어둑어둑해질 때까지 따라갔다. 뛰면서 간간이 외삼촌을 불렀지만 정신이 없었던지 외삼촌은 뒤도 돌아보지 않았다. 논밭을 지나고 동림저수지도 지나고 다시 논밭을 지나고 하다 보니 그들도 지치는 듯했다. 그리고 그때서야 외삼촌은 우리를 발견했다.

외삼촌은 "돌아가, 돌아가." 하며 소리를 질렀다. 이제껏 배고픈 줄도 모르고 무작정 달려온 병규 형과 나는 외삼촌이 자기만 살려고 우리를 돌려보내는 것만 같아 무척 야속했다. "안 간다."고 떼를 쓰니 외삼촌은 "돌아가야 살어, 집으로 돌아가야 산다고. 쫓아오지 마." 하며 화를 벌컥 내고는 청년들과 함께 다시 달리기 시작했다. 병규 형과 나는 조금 더 쫓아가다가 그들의 모습이 눈에서 멀어지자 포기하고는 밤길을 걸어 외가로 돌아왔다.

그렇게 앞서 달린 청년들은 결국 회문산에 들어가 빨치산이 되었다. 나중에 산에서 내려와 자수한 막내 외삼촌은 "너희들을 돌려보낸게 다행이지, 계속 쫓아왔으면 너희들도 방준표 밑에 들어가 소년 빨치산이 돼서 고생깨나 했을 거다."라며 "김철이 소년 빨치산이 되려던 찰나, 그걸 막아 준 게 이 외삼촌이지."라며 농담을 던지곤 했다. 방준표는 모스크바 유학파 출신으로 당시 남로당 산하 전북도당을 이끌던 빨치산 대장이었다.

외가로 돌아온 후 다음해 설날 전까지 나는 구슬에 있었다. 9.28 서울 수복 후 가을에 어머니께서 우리를 데리러 오셨지만 그때는 차를 수배하지 못해 그대로 구슬에 남게 되었다. 공비를 토벌하는 병력만이 드나들던 때, 아버지는 토벌하고 전주로 돌아가는 차를 수배해 주셨다. 하지만 매일 큰길까지 한 시간을 걸어나가 하염없이 기다려도 차는 오지 않았다. 한 번은 비가 온 후였는지 짚신을 신고 큰길까지 나가는데 황토 흙이 짚신에 엉겨붙어 걷는 게 무척 힘들었다. 네 살

어린 영란이를 업고 큰길까지 걸어나가는 것도 매번 큰 곤욕이었다. 어머니 등에는 어린 용국이가 업혀 있었다.

또 한 번은 나보다 열 살 위의 사촌, 용순이 형이 경찰관을 데리고 우리를 데리러 왔었다. 그때 형은 경찰 관계 일을 보고 있었던 것 같다. 장총 끝에 태극기를 달고 경찰차를 타고 지나가면서 형은 "내일 떠날 테니 준비를 하라."고 했다. '드디어 내일은 집에 간다' 는 생각에 그 밤은 잠도 오지 않았다. 하지만 다음 날 형은 오지 않았다. 전날 밤 소성지서가 빨치산에게 습격을 당했던 것이다. 그렇게 해서 결국은 그 다음해 설에 친척 군인이 운전하는 군용트럭에 매달려 전주로 돌아오게 되었다.

우리가 외가에 가 있는 동안 아버지는 부산으로 가는 큰아버지와 합류하지 못하고 전주에서 20킬로미터쯤 떨어진 기린봉 밑 마당재에 있는 친척 집에 피신을 하고 있었다. 그 친척분이 당시 인민위원장을 하고 있어서 오히려 그 집에 있는 게 안전했던 것이다. 아버지는 그 집 뒤쪽에 굴을 파고 숨어 있었다. 인민군이 점령해 있는 동안 자수를 권유받기도 했지만 아버지는 자수하지 않고 정세를 살폈다. 그러다 어느 날 인민위원장이 모악산으로 도망가 버린 후 '완전히 수복되었구나' 판단하고는 마당재를 나와 전주로 돌아왔다.

초등학교 3학년, 왼 좌(左), 오른 우(右)도 모르던 시절에 나는 '우익' 으로 분류되었다. 또 외가에 피난 가서는 소년단에 들어가 신나게 놀았으니 굳이 분류하자면 그때는 '좌익' 이었다. 아홉 살 때 이미 우익, 좌익 다 해 본 셈이다.

피난 갔던 외가 쪽이 좌익 세상이었다지만 사실 그곳에 살던 분들 중 사회주의사상을 진짜 알고 따른 이가 얼마나 될까 간혹 의문스러울 때가 있다. 피난 시절 뵈었던 동네 어른들은 굳이 좌우를 구분할 필요가 없는, 이념으로부터 자유로운 사람들이었다. 배운 자식이 옳다니까 말 없이 자식을 따르며 농사를 지은 아버지와 어머니, 아버지가 옳다니까 그를 따라 종의 집에도 해마다 세배를 간 아들과 딸들에게 이념이 무엇이며 사상이 무엇이었겠는가.

내가 겪은 6.25는 그래도 꽤 평화로웠던 편임을 나는 잘 안다. 6.25를 겪은 사람들 중에는 뼈에 사무칠 정도로 피맺힌 경험을 한 이들도 많다. 가족이 죽어 가는 모습을 현장에서 지켜본 사람들도 무수하고, 뿔뿔이 흩어진 가족을 지금까지도 찾지 못한 사람들도 있다. 남북이산가족 상봉이 여러 차례 있었지만 아직도 가족의 생사조차 알지 못해 애끓는 어른들도 여럿 보았다. 전쟁은 휴전으로 마무리되었지만 상처는 여전히 아물지 않고 있는 것이다.

그럼에도 불구하고, 인민군이나 군인 어느 한쪽에 맺힌 한을 아직도 풀지 못한다는 것은 어리석은 일이란 생각이 든다. 한반도에 태어난 사람들 중 그 누가 '낮에는 대한민국, 밤에는 인민공화국' 이었던 그 비운의 역사를 피해 갈 수 있었겠는가.

역사학자 강준만은 '50년대가 오늘날 한국의 뿌리' 라면서 남북 화해는 물론 남한 내부의 진정한 화해를 위해서도 다음과 같은 자세가 필요하다고 말한다. 나 또한 그의 말에 크게 공감하여 다음 글을 옮겨 적는다.

50년대를 겪지 못한 한국 사람들은 50년대를 이해하기 위해 애쓰되 50년대를 겪은 사람들에게 너그러워질 필요가 있다. 그게 공정하다. …… 그 너그러움은 '이념' 에 대해서도 필요하다. 더 정확히 말하자면 '이념' 으로 포장된 그 어떤 체험, 정서, 또는 이해관계에 대한 너그러움일 것이다. 현재 한국 사회를 지배하고 있는 커다란 갈등 전선의 해소는 50년대에 대한 이해를 필요로 한다. 50년대를 이해해야 그 갈등도 이해가 될 것이고 갈등을 극복할 길도 모색될 수 있을 것이다. ─강준만, 『한국 현대사 산책-1950년대편』

유격훈련 한 번 없이 빨치산이 된 사나이

국군의 대 반격으로 허겁지겁 피난을 떠났던 때, 나와 병규 형은 구슬 외가댁으로 돌아왔지만 막내 외삼촌(황항구, 1930년생)은 회문산에 들어가 결국은 빨치산이 되었다.

당시에 빨치산은 두 종류가 있었다. 전쟁 전부터 좌익 활동을 하며 유격대를 하던 속칭 '구빨치' 와 후퇴하면서 낙오한 인민군들과 북한 점령 하에서 협력했던 각 지역의 '신빨치' 가 있었다. 빨치산 부대도 두 종류였는데 평양의 지도부에서 직접 파견한 이현상의 '독립 제4지대(남부군)' 와 지역별로 조직된 '도당 유격대' 가 그것이다.

막내 외삼촌은 전라북도당 유격대에 속하게 되었다. 당시 이들 모두의 총지휘관은 남부군의 이현상이었고, 전라북도당 유격대 대장은 전북도당위원장이었던 방준표가 맡았다.

줄포로 가는 죽계 쪽에서 우리를 되돌려 보낸 외삼촌은 부안면의 인촌으로 가고 있었다. 나와는 6촌, 재종간이었던 병균이 형과 함께였는데 그 형의 외가가 인촌이어서 우선 그곳으로 피신하려 했던 것이다. 그러나 고창 각 지역의 면 당원으로 활동하던 사람들이 국군이 들어오기 전에 경찰에 쫓기는 신세가 되면서 외삼촌은 경찰의 추격을 받으며 방장산을 거쳐 회문산으로 들어갔다.

회문산까지 가는 길은 험난했다. 고창에서 회문산을 가려면 방장산을 넘고 내장산을 거쳐 동쪽으로 한참을 올라가야 한다. 경찰은 바로 뒤에 쫓아오는데 유격대 훈련 한 번 받은 적도 없는, '긴 피난 행렬'에 지나지 않는 각 지역 면당원들에게 산을 넘고 물을 건너는 일은 결코 쉽지 않았다. 산에 도착하기 전에 벌써 많은 사람들이 포로가 되거나 죽은 목숨이 되었다.

당시 빨치산으로 활약했던 사람들 중 정말 사상적으로 투철했던 사람은 남로당의 지시를 직접 받고 있었던 지도부와 이전부터 활동했던 얼마 안 되는 당원뿐이었다. 대부분은 이 피난 행렬처럼 인민군이 들어와 있던 몇 개월 동안 조직 속으로 유입된 사람들이었다. 그들은 산 생활 동안 교육을 받고 전투를 하면서 점점 진짜 빨치산이 되어 갔다.

가는 동안 뭐 하나 제대로 먹은 것도 없었고, 회문산에 도착했을 때는 모두가 완전한 거지꼴이 되어 있었다. 어떻게 도착했는지도 모르게 쫓겨서 산으로 들어갔지만 외삼촌은 앞으로 살아갈 일이 막막하기만 했다.

그런데 뜻밖에도 회문산에서 석전 선생의 큰아들 병선이 형을 만나게 되었다. 형은 거기서 전북도당 후방부장의 책임을 맡고 있었다. 병선이 형의 주선으로 외삼촌은 후방부에 들어가 보급 책임자로 활동을 했다. 성내면 면당원으로 있을 때는 밥 한 끼 먹기가 힘들었는데 도당 후방부는 그래도 비교적 편안했다. 처음에는 거의 모든 종류의 음식이 들어왔고, 담배며 무명이며 소, 돼지, 닭 등 수많은 보급품이 후방부로 들어왔다.

이는 빨치산 활동 초기에 민간인들이 자발적으로 빨치산을 도왔기 때문에 가능했다. 회문산 일대는 친공 마을들이 많아 처음에는 보급이 그리 어렵지 않았다. "민족해방이 되면 다 보상된다."는 말을 믿고 사람들은 자기들이 갖고 있던 것을 내놓기 시작했다. 더구나 성내면 면당원이 활동했던 아천리는 부자 마을이었다. 외삼촌은 보급품을 낸 사람들의 이름과 받은 물품의 목록을 적은 후 그들에게 확인 사인을 해 주었다. 그렇게 모여진 보급품은 회문산으로 보내졌다.

당시 빨치산은 회문산, 지리산, 덕유산에 진지를 구축해 가고 있었다.

당시 조선공산당 전북도당 유격사령부가 자리잡은 곳은 순창군의 쌍치면이었다. 이태가 지은 『남부군』에 따르면 전주에서 도피한 도당 간부들을 중심으로 각 면의 민청원, 여맹원 기타 기관원 등 약 3백여 명이 초막을 짓고 생활을 했다고 한다. 임시 편제로 10여 명 단위로 조를 짜고, 각 조에 한 명씩 구 빨치산이 들어가 그들을 지도했다. 전라북도를 통틀어 그때까지 살아남은 구빨치산은 30명이었다고 한다.

아천리에서 활동하던 성내면 사람들은 얼마 지나지 않아 경찰의 습격으로 마을이 불타면서 몇 명이 죽어 나갔다. 외삼촌은 이후 목산리로 거점을 옮겨 보급품을 접수받아 회문산으로 올려 보냈다.

훈련도 제대로 받지 못한 채 빨치산이 된 사람들에게는 말할 것도 없고 원래 유격대로 활동했던 사람들에게도 빨치산 생활은 고난의 연속이었다. 내부에서는 교육을 받는 시간이며 문화활동을 하는 시간 등 나름 규모 있게 생활을 굴려 갔지만 늘 토벌대에 쫓기고 때로 목숨을 건 교전을 해야 했기에 편안할 날은 없었다. 오죽하면 빨치산은 세 번 죽는다는 말이 나왔겠는가.

"빨치산은 세 번 죽는다. 맞아 죽고, 굶어 죽고, 얼어 죽고. 이 세 가지 각오를 해야 빨치산을 할 수 있다."

외삼촌 또한 이렇게 교육을 받고 죽을 고비를 여러 번 넘기며 빨치산 생활을 했다. 주로 보급의 소임을 맡고 있었기 때문에 수시로 민가로 내려왔던 외삼촌에게는 토벌대의 추격을 피해 보급로를 들키지 않는 일이 너무도 중요했다. 날이 갈수록 보급 투쟁은 힘들어졌고, 날마다 새로운 지역으로 나가 먹을 것을 구해 와야 했기 때문에 외삼촌은 수없이 죽을 고비를 넘겼다.

한 번은 새로운 보급로를 찾아 덕치면 앞쪽으로 혼자 나갔다 돌아가 보니 부대가 자취도 없이 사라진 적도 있었다. 갑자기 부대가 이동을 하는 바람에 외삼촌만 낙오가 되어 버린 것이다. 다시 덕치면으로 내려가는 길에 다행히 외삼촌을 찾으러 온 부대원을 만났다. 하지만 본부대로 가기 위해 회문산 입구에 도착하는 순간 운이 나쁘게도 토벌대와 맞닥뜨렸다.

　다행히 외삼촌은 늘 마을로 내려왔던 경험이 있어 순식간에 방향을 바꿔 빙 둘러 본부대와 합류했다. 그러나 외삼촌을 찾으러 왔던 부대원은 순식간에 토벌대가 쏜 총에 맞아 죽음을 맞았다. 무장 사람이었던 그분이 나이가 어렸던 데다 독자였다는 말을 들은 후 외삼촌은 며칠 동안 잠을 잘 수 없었다. 당신 대신 그분이 돌아가신 것만 같아 마음을 가라앉힐 수 없었던 것이다. 외삼촌은 "지금도 그때를 생각하면 너무 미안해 마음이 아프다."고 말씀하셨다.

　1951년 들어 토벌대를 피해 아지트를 몇 번씩 옮기고, 간간이 토벌대와 전투를 치르며 버틴 외삼촌은 1951년 5월 10일, 가마골에 포가 쏟아지면서 성내면 친구 6명을 또 잃어버렸다. 이후로 빨치산보다 유격성이 떨어졌던 군인들은 숲이 짙어지면서 한 3개월간 공세를 멈추었다.

　여러 번의 전투에서도 용케 살아남은 외삼촌은 1951년 4~5월 사이 각 지역의 빨치산을 괴롭힌 재귀열에 걸려서 또 한 번 죽을 고비를 맞게 된다. 백운산 아지트에서 시작되어 덕유산으로 이동했던 이 전염병으로 각 부대원들의 반 이상이 앓아눕는 사태가 벌어지는데 회문산에 있던 외삼촌은 7월 들어 병에 걸리게 된 것이다. 이 병은 죽을 병은 아니었지만 병에 걸리면 엄청난 고열이 열흘 이상 가고, 낫는가 싶으면 다시 두 번 세 번 고열에 시달리게 되는 괴로운 병이었다.

　여름에 이 병이 퍼진 외삼촌 부대에서는 급성으로 1주일을 못 버티고 죽어 나가는 사람도 있었다. 또한 병에 걸려 고열에 정신이 몽롱

한 상태에서 공세를 만나 총에 맞아 죽거나 토벌대를 만나 반격도 못하고 맞아 죽는 경우도 있었다. 외삼촌은 이 병에 걸렸을 때 너무 괴로워 "나를 좀 죽여 달라."는 말까지 했다 한다. 다행히도 의무병이 비상용으로 갖고 있던 '마파루산'이라는 주사를 맞고는 며칠 만에 구사일생으로 살아나게 되었다.

1952년 1월, 외삼촌은 부대원 한 명을 데리고 구슬 집으로 돌아왔다. 때마침 외할머니 회갑연이 있어서 어머니도 그곳에 계셨는데 산에 있는 동생을 눈물로 걱정하던 중 외삼촌을 만나게 되어 반가움에 또 한 번 울음을 터뜨렸다. 그러나 외삼촌의 귀향은 이후로 비밀에 부쳐졌다.

다행히 외삼촌이 집으로 돌아올 수 있었던 것은 1951년 12월 2일부터 시작된 소위 '쥐잡기 작전' 때문이었다. '쥐잡기 작전'은 전선이 소강상태에 접어들자 밴플리트 8군사령관이 빨치산을 본격적으로 토벌하라며 백선엽 장군에게 임무를 맡기면서 시작된 '빨치산 대토벌 작전'의 작전명이다. 백선엽 장군은 토벌을 전담할 '백 야전전투사령부(백야전사)'를 창설했는데 지금까지의 토벌대와는 달리 세력이 강해진, 군경 합동 모두 3개 사단 4만의 병력이었다.

백야전사는 그 하얀 겨울에 횃불을 환히 밝혀 들고 지리산으로 진격했다. 그만큼 강력한 부대였기 때문에 숨길 필요를 못 느낀 것이다. 지리산이 횃불로 일렁이며 골짜기마다 환하게 밝혀졌지만 빨치산들은 과감하게 정면 승부를 택했다. 이전의 토벌대가 유격전에 약했기 때문에 전세를 오판했던 듯하다. 결국 남부군은 피살 7천여 명, 포로

6천여 명이라는 엄청난 타격을 입고 재기 불능의 상태에 빠졌다.

외삼촌이 속한 부대는 당시 내장산에 있었다. 회문산에 대 공세가 있은 후 가을 무렵 내장산으로 거점을 옮겼던 것이다. 사실 대공세 이전 자수하거나 총에 맞거나 하여 1951년 가을부터 부대 내에는 고창 사람이 거의 없었다. 그런 와중에 내장산에도 공중폭격이 수시로 가해져 이불을 뒤집어쓰고 폭격을 피해다니곤 했다.

그런데 토벌대의 지리산 대공세 이후 부대에서는 엄청난 결정이 내려졌다. 따로 대책을 마련할 수 없었던 지도부에서 "하산하라."는 명령이 떨어진 것이다. 정신무장을 단단히 하고 우선 하산하여 요령껏 숨어서 지하활동을 하라는 얘기였다.

외삼촌은 집으로 돌아가라는 령을 받고도 처음엔 막막하여 귀향을 망설였다. 돌아간다 해도 어찌 살아갈 것이며 지리에 밝지도 않은 터라 돌아갈 방법을 찾기도 쉽지 않았던 것이다. 그러다 성내면 칠성굴 출신의 부대원 이씨가 지리를 잘 안다고 하여 그에게 "네 신병을 보장해 줄 테니 우리 집으로 가자."고 제안을 했다. 이씨는 흔쾌히 "그러자." 했고 둘은 토벌대와 경찰의 눈을 피해 걸어 걸어 집으로 돌아오게 된 것이다.

집에 돌아온 외삼촌은 창고의 곳간에 땅을 파고 그곳에 숨어 지냈다. 파낸 흙은 돼지우리 안에 집어넣고 드나드는 문에는 하지감자를 덮어 말리는 시늉을 했다. 안에서는 밖이 보이지만 밖에서는 그곳이 비밀 아지트인지 전혀 알 수 없도록 조치를 해서 안전에는 문제가 없을 것만 같았다.

그런데 숨어 있는 곳은 발각되지 않았지만 외삼촌이 집에 돌아온 것을 눈치 챈 고창지서의 성내면 담당 서 형사가 사람을 보내 수시로 외할머니를 협박했다. 그의 협박에 못 이겨 고창인민위원장도 이미 자수를 한 상태였다.

외삼촌은 포위망 속에 들어 있음을 직감했다. 더 버텨 봐야 죽을 일밖에 남지 않았다는 생각이 들었다. '자수하는 길밖에 없는가?' 몇 날 며칠을 고민하자 함께 있던 칠성굴 이씨가 먼저 "자수를 하자."고 말을 꺼냈다. 외삼촌도 자수 쪽으로 생각이 기울어 있었다. 외삼촌은 곳간에 숨어 지낸 지 40여 일 만에 자수를 했다.

비록 자수를 했지만 이후의 삶도 괴로움의 연속이었다. 경찰은 남은 빨치산 토벌에 협조하라고 괴롭히면서 한편으로는 한 재산 챙기려는 심사로 외가댁을 들락거리며 외할머니를 괴롭혔다. 또한 마을로 침투해 지하에서 활동을 이어가던 빨치산들은 "왜 자수를 했는가? 합법적으로 빨치산에 협조하라."는 요구를 해 왔다. 이쪽 저쪽 그 누구의 요구도 들어줄 수 없는 상황에서 재산은 계속 축이 나고 마음은 불편하기 짝이 없었다.

이를 보다 못한 아버지께서 외삼촌을 전주로 불러들였다. 경찰 관계 일을 보던 큰댁의 용순이 형이 외삼촌을 전주로 모시고 오면서 외삼촌의 고난의 행보는 잠시 멈추는 듯했다. 그런데 얼마 지나지 않아 불심검문에 걸려 군대로 끌려가는 일이 벌어졌다. 전쟁통에 당신도 모르게 군기피자가 되어 있었던 것이다. 전쟁이 끝나지 않은 상태여서 외할머니가 크게 걱정하셨지만 다행히 외삼촌은 제주도로 발령을 받아 그곳에서 군 생활을 무사히 마쳤다.

　외삼촌의 고난사는 우선 그렇게 일단락이 되었다. 하지만 입대 전, 당신이 숨었던 곳간 아지트에 빨치산 세 명을 숨겨 줌으로써 외가댁에는 또 한 번 큰 회오리바람이 몰아쳤다.

외갓집 창고에서 빨치산이 자폭하던 날

1952년 여름, '트' 사건으로 외할머니와 외사촌 형들(병락, 병규 형)
이 성내면 지서에 붙잡혀 갔다. '트' 란 아지트를 일컫는 빨치산들의
용어다. 아지트는 '트', 비밀 아지트는 '비트', 보급 투쟁은 '보투'
하는 식으로 빨치산은 모든 용어를 최대한 줄여서 사용했다.

도시로 침입해 비밀리에 활동하고 있던 빨치산들은 자수한 막내 외
삼촌에게 협조할 것을 강하게 요구했다. 구슬을 나와 전주에 머물 때
도 당시 전주시당위원장이었던 병선이 형으로부터 "협력하라."는 연
락이 왔다. 외삼촌은 비트사건으로 외가가 한바탕 큰 곤욕을 치른 후
여서 단호하게 이를 거절했다 한다.

'트' 사건은 외삼촌이 자수를 한 지 서너 달 후에 일어났다. 어느 날
정읍군당 소속의 백한기를 만난 것이 사건의 발단이었다. 그는 "어떻
게 자수를 할 수 있는가?" 하며 강하게 외삼촌을 비판했다. 그는 이후

여러 차례 "합법적으로 나가서 협력하라."는 요청을 해 왔다.

정읍이 고향이었던 백한기는 외가가 구슬에 있어 이전부터 큰외삼촌과 막내 외삼촌 모두 잘 알고 지내던 사람이었다. 외삼촌은 그를 형이라 불렀다. 정읍도당으로 회문산에 있던 그는 산 생활을 정리하고 자기 외가로 숨어들어 지하에서 활동하고 있었다. 외삼촌을 만나던 시점에는 자신의 아지트가 안전에 위협을 느껴 숨을 곳을 찾고 있는 중이었다.

외삼촌은 자신이 숨어 있던 외가집 창고를 그에게 내주었다. 자수는 했지만 누구에게도 아지트를 공개하지 않은 상태였기 때문에 오히려 그곳이 안전하다고 판단한 것이다. 백한기와 동료 한주수, 그의 동생 한철희 등 세 명은 3~4개월 동안 그곳에 숨어 지냈다.

할머니는 외삼촌이 그들을 숨겨 주자는 데 반대하지 않았다. 할머니께서 따로 사상이 있었을 리 만무했다. 우리 선조들이 그랬듯이 그저 내 집으로 들어온 생명을 내치지 않고 보호하는 차원에서 그들을 받아들인 것이다. 더구나 큰아들을 전쟁통에 잃어버리고, 막내아들마저 숨어 지낸 경험이 있으니 모두 자식 같은 마음에서 그들을 돌봤다. 그래서 비밀리에 아침, 저녁 밥을 챙겨 주고 그 누구에게도 그들의 존재를 발설하지 않았다.

사촌 형이나 동생 또한 그들이 창고에 있다는 사실을 함구하고 있었다. 아직 어렸음에도 불구하고 위채 종손 댁 형제(병철이, 병무 형)들과 매일 붙어다니며 놀면서도 절대 그들 얘기는 꺼내지를 않았다. 누가 시켜서 그런 것이 아니라 외삼촌이 거기 계실 때처럼 당연히 그래야 하는 것으로 생각했다.

아지트가 발각된 것은 오히려 그들 스스로의 실수 때문이었다. 보급 투쟁을 나갔다가 누군가에게 뒤를 밟혔기 때문이다. 몇 개월을 숨어서 보살핌을 받다 보니 할머니에게 미안했던지 그들은 간혹 밤이 되면 보급 투쟁을 나갔다. 지인들로부터 쌀이며 먹을거리를 할머니에게 가져다 주려는 것이었다.

구슬 입구, 눈들이라는 곳에 백한기의 친척인 백운기가 점포를 하고 있었다. 여유 있는 지인들에게 먹을거리를 부탁해 그곳에 가져다 놓으면 그 집에서 일을 도와주는 사람이 외가로 배달을 하곤 했다. 그런데 어느 날 한주수의 주선으로 그곳에 보리를 한 말 가져다 놓기로 한 지인이 밀고를 하고 말았다. 보리가 어느 집으로 가는지 뒤를 밟던 경찰은 외가로 들어가는 것을 보고는 바로 들이닥쳤다.

그때 집에 있던 외할머니와 병락이 형은 그 자리에서 붙잡혔다. 병규 형은 위채 종손 댁에 있다가 집이 소란스러워 내려왔다. 경찰은 병규 형을 현장에 못 들어가게 만류했다. 무슨 일이 일어났는지 몰랐던 형은 "우리 집인데 왜 못 들어가게 하느냐?"며 따졌다. 경찰은 "너도 이 집 식구로구나." 하면서 덩달아 형까지 붙잡아 갔다. 병규 형은 당시 열세 살 소년이었다.

외가댁은 사실 그 당시 성내면 지서의 '뜨거운 감자'였다. 9.18 서울 수복 후 외삼촌이 산으로 들어가자 경찰이 들이닥쳐 여러 차례 수색을 하기도 했다. 하지만 경찰서에서도 외할머니의 사위인 전주도청의 아버지와 검사 사돈을 의식하지 않을 수는 없었다. 할머니는 경찰이 수색을 올 때마다 "너희들이 뭔데 내 집에 와서 수색을 하느냐?"며 호통을 쳐서 돌려보내곤 했다.

이후로도 면에서는 외가댁에 있는 물건들을 가져가고 이불 같은 것을 실어 가는 등 탄압을 계속했다. 이 사실을 알게 된 큰아버지께서는 성내면 지서에 직접 지프차를 타고 나타나 "가족이 무슨 죄가 있는가?" 하면서 큰소리로 그들에게 항의를 했다. 이후로는 이불도 다시 가져오고 더 이상 외가댁을 건드리지 않았다.

아직은 외가댁에서 빨치산을 직접 발견한 것도 아니었지만 그런 역사가 있으니 경찰은 연로하신 외할머니는 물론 어린 병규 형까지 잡아가 버렸다.

잡혀간 세 사람은 하루 종일 고문을 당했다. 아버지는 이 사실을 알고 바로 지서로 달려갔다. 병규 형은 아버지를 보자마자 울음을 터뜨렸다. 중간에 밀정 같은 사람을 유치장에 집어넣어 회유했지만 셋 중 누구도 아지트나 숨어 있던 사람들에 대해 발설하지 않고 버텼다.

큰아버지 도움으로 면주재소에서 검찰로 넘어가기 직전에 외할머니와 형들은 석방되었다. 수사과정 중 형사로부터 "김완규를 아느냐? 김완규를 알아도 소용이 없어."라는 말을 들었지만 그때만 해도 검사는 지서장이 어쩌지 못하는 위치의 사람이었다. 당시 큰아버지는 순천지청장으로 계셨는데 이전에 근무했던 정읍검찰청 수사과장 김상현 씨를 시켜 일을 무난히 처리하도록 했다.

외할머니와 형들의 혐의는 벗겨지고 사건은 해결되었지만 빨치산이 외가 창고에 숨어 있다는 사실은 결국 발각되고 말았다. 경찰들이 외가집 주변을 포위한 채 스피커로 투항할 것을 권하며 점점 포위망을 좁혀 왔을 때, 아지트에는 한철희만 남아 있었다. 그는 아지트가 발각된 것을 알고 그곳에서 나왔으나 창고 밖으로는 끝까지 나오지 않았다. 경찰이 창고로 진입하기 바로 전, 창고 안에서는 수류탄 폭발 소리가 크게 났다. 사상이 투철했던 한철희는 투항이 아닌 자살을 택했다.

당시 외삼촌은 군에 가기 직전이었는데 집을 나와 정읍에 가려고 버스를 기다리던 중 구슬로 들어가는 경찰들을 보게 되었다. 심상치 않다는 느낌이 들어 머뭇거리는 동안 이웃의 천씨 아주머니가 "구슬에 난리가 났다."며 달려오는 걸 보고 전주의 우리 집으로 피신을 했다. 간발의 차이로 또 한 차례 죽음을 면한 것이다.

한편 초등학교 6학년 5월, 경기전 집에 권총 강도로 들어왔던 신병기와 이용희도 병선이 형 밑에 있던 빨치산들이었다고 한다. 병선이 형이 그들의 강도 행각을 알고 있었는지는 미지수지만 그들은 어머니에게 큰돈이 있다는 사실을 알고 보급 투쟁의 일환으로 강도로 침입했던 모양이다. 밖에서 망을 보고 있던 나머지 한 사람은 이민희 형사로 그는 경찰과 빨치산에 양다리를 걸친 채 활동을 하고 있었다. 그래서 다 잡은 강도를 그 자리에서 놓아 주고 수사를 방해했던 것이다.

'트' 사건 이후 외할머니는 우리 집으로 오셔서 한 1년 머무르셨다. 외숙모와 병락이, 병규 형은 막내 홍정 할아버지 댁에 잠시 머물다가 동문 사거리 쪽에 방을 얻어서 따로 살았다.

그 시절 병규 형 있는 곳으로 백한기와 한주수가 찾아왔다. 숨겨 준 고마움도 있고 자신들 때문에 고생을 했으니 위로차 들렀던 모양이다. 그들을 본 병규 형이 눈물을 흘렸던지 한주수는 "혁명가는 우는 거 아니야."라며 형을 달랬다고 한다.

당시 사상이 투철한 빨치산으로 유명했던 백한기는 권총을 옆구리에 차고 나타났다. 그는 잠시 앉아 있는 동안도 주변의 동정을 살피며 문을 등지고 앉아 말이 없었다. 백한기는 이후 다시 숨어 지내다가 구슬의 눈들 가게 앞에서 총을 맞고 죽었다. 형사들의 끈질긴 잠복에 덜미를 잡힌 것이다.

지리산 대공세 이후 일부는 도시로, 일부는 더 깊은 산속으로 들어갔지만 이제 빨치산은 지도부까지 궤멸된 하잘것없는 패잔병에 지나지 않았다. 도시로 잠입했던 빨치산은 대부분 백한기처럼 총 맞아 죽거나 병선이 형처럼 체포되어 사형이나 무기형을 받고, 처형되거나 감옥에서 긴 세월을 보내야 했다. 1956년 7월 13일, 정읍에서 빨치산 1명이 사살되고 2명이 생포되면서 공식적인 기록에서조차 빨치산의 자취는 사라진다.

휴전 이전에 이미 북로당이 남로당 간부들을 숙청하고, 휴전협정 때는 남로당 소속 빨치산의 송환 문제를 거론도 안 하면서 빨치산은 남과 북 어디에도 설 곳이 없어졌다. 결과만 놓고 보자면 그들은 북로당의 정적 숙청에 희생양이 된 셈이다.

빨치산(남부군)의 총책임자였던 이현상은 지리산에서 사살되었다. 평양의 애국열사릉에는 이현상의 묘와 묘비가 있다 한다. 남로당 지도자를 숙청하고 빨치산을 포로 교환 때조차 언급도 안 하던 북한에서 그의 묘를 마련했다는 사실은 역사의 아이러니가 아닐 수 없다.

책을 쓰기 위해 지금은 다른 사람이 주인인 외가댁을 방문해 창고를 둘러보았다. '트' 사건 이후 흙으로 다시 메우기는 했지만 세 칸짜리 창고가 옛 모습 그대로 남아 있었다. 그런데 어릴 때는 꽤 커 보이던 창고가 지금은 어떻게 그런 큰일을 치룰 수 있었을까 싶게 작은 느낌이었다.

비단 이 창고뿐 아니라 초등학교 시절의 운동장이며 교실 등, 어디서나 '공간'은 세월이 지나고 들여다보면 어린 시절의 그곳보다 훨씬 작아져 있음을 발견한다. 그런데 6.25전쟁을 비롯해 어릴 적 외가댁에서 겪었던 많은 사건들은 시간이 갈수록 그 사건의 규모나 의미가 점점 크게 다가오니 아이러니가 아닐 수 없다.

이런 차이는 기본적으로 내 사고가 그 시절과 현격하게 차이가 나는 때문일 것이다. 그러나 공간과 시간이 이렇게 달리 인식되는 까닭은 아마도 한 곳에 고착되어 있는 '공간'과는 달리 역사란 '시간'의 문제여서 늘 현재에 맞닿아 새로운 의미를 창출하기 때문이 아닌가 싶다.

포로수용소에서 맞닥뜨린 의용군 포로와 검사 사돈

하늘 같은 아버지가 당신의 신념을 지키려다 목숨까지 잃었다면, 남은 자식은 어떻게 해야 할까? 만약 그가 아버지의 신념을 쫓아 저라도 아버지가 못 다한 일을 하겠다 나선다면 우리는 그를 말려야 할까, 아니면 잘한다고 격려해야 할까? 그 누구도 정답을 알 수는 없다. 그런 선택은 오직 개인의 몫이므로.

구슬 청년들의 존경을 받은 큰외삼촌은 자식들에게도 상당한 영향을 미쳤다. 큰외삼촌이 돌아가신 후 장남(황병식, 1933년생)과 둘째(황병락, 1935년생)는 행동으로 아버지의 신념을 쫓았다. 병식이 형은 6.25전쟁 중 의용군에 입대했고, 병락이 형은 열여섯 어린 나이에도 '트' 사건 이후 빨치산을 돕다가 체포돼 김천의 소년형무소에서 2년형을 살았다.

의용군은 전쟁이나 위급한 상황에서 조직되는 비정규군을 말하는

데, 인민의용군은 6.25전쟁 시 북한을 지지해 결성된 군대이다.

1950년 6월 25일, 평화롭던 일요일 아침 남한을 전쟁의 공포 속으로 몰아넣은 북한군은 빠르게 남하하며 7월 20일 대전을 점령한다. 이후 북한군은 각 점령지에서 대대적으로 의용군을 모집해 간단한 군사훈련 후 전선에 투입했다.

초기에는 일정한 자격을 갖춘 젊은이만 군 입대를 허락하는 등 인민군도 원칙을 지켜 의용군을 모집했다. 그러나 7월 중순 이후부터는 강제 징집으로 전환, 미처 피난을 떠나지 못한 각 지역의 젊은이는 물론 심지어 국군 포로들까지 인민군복을 입혀 전선에 투입시키는 어처구니없는 상황이 발생한다.

전주를 점령한 북한군은 전주에서도 의용군을 모집했다. 고창에 있던 병식이 형은 전주로 나가 의용군에 입대하여 제대로 된 훈련도 없이 총을 들고 전장으로 나갔다. 더구나 처음부터 그 치열했던 낙동강 전투에 투입돼 갖은 고생을 하고 나서야 형은 전쟁이 얼마나 끔찍한 것인지 실감할 수 있었다. 전쟁은 개인의 신념과는 무관하게 사람 목숨을 파리 목숨보다 하찮은 신세로 전락시키는, 그야말로 비인간적이었던 것이었다.

기세 좋게 남하하던 인민군은 전쟁을 조기에 종결하기 위해 8월(8. 4~25), 9월(9. 1~9. 15) 두 차례에 걸쳐 대구와 부산을 잇는 낙동강 전선에서 대대적인 공격을 감행했다. 그러나 미8군 사령관 워커 장군은 낙동강과 동북부의 산악지대를 잇는 천연 장애물을 연결, 낙동강 방어선(워커 라인)을 구축했고, 여러 차례의 공방전 끝에 낙동강 방어선을 지켜 냈다. 인민군의 낙동강 전선 참패는 9월 15일 맥아더의 인천상륙작전을 간접적으로 돕는 결과를 낳아 9월 28일 서울은 완전히 수복되었다.

낙동강 전선 공방전에서 크게 패해 전력을 상실한 인민군은 이후 북으로, 북으로 쫓겨 올라갔다. 국군에 밀려 후퇴하면서도 계속적으로 전투를 치른 병식이 형은 그곳이 어딘지도 알 수 없는 곳에서 배고픔과 졸음을 못 이겨 낙오자가 되고 말았다. 몇 날 며칠 잠도 못 자고 움직이다 보니 총알이 빗발치듯 쏟아지는 전투 중에도 졸음을 참을 수가 없었던 것이다.

'살아야 한다'는 절실함보다 눈이 먼저 감기는 상황, 어느 순간 눈이 감겼고 정신을 차려 보니 국군의 포로가 되어 있었다. 그리고 포로가 된 인민의용군 황병식은 휴전 때까지 거제도 포로수용소에 수용되었다.

병식이 형이 있었던 거제도 포로수용소는 360만 평 규모, 20만 명 수용이 가능한 대규모 포로수용소였다. 각 지역에 이미 포로수용소가 있었지만 인천상륙작전과 낙동강 전투 이후 인민군 포로가 급격히 늘면서 수용소가 턱없이 부족했다. 당시 포로의 수는 1950년 9월에 1만 1천 명에서 12월 말에는 13만 5천여 명까지 급증했다. 이에 정부는 1950년 11월, '알바니 작전'이라는 이름 하에 거제도에 대규모 포로수용소를 설치, 각 지역의 포로들을 수송했다. 전쟁이 끝날 때까지 이 시설에는 인민군 15만, 중공군 2만, 여자 포로와 인민의용군 3천 명 등 최대 17만 3천 명이 수용되었다.

친공 포로와 반공 포로가 섞여 수용되었던 거제도 포로수용소 안에서는 둘 사이의 반목이 심했다. 수시로 난투극도 벌어져 3백여 명의 반공 포로들이 학살을 당하는 참극도 있었다. 한 번은 수용소장 F.T. 도드 준장이 76포로수용소 시찰 중 납치 감금되는 엄청난 사건도 발생했다. 4일 만에 미군 측이 그들의 잔학행위를 인정하고 나서야 소장이 석방되면서 이 사건은 일단락되었다.

다행히 당시 수용소 내에서 남한 출신 인민의용군 포로와 귀순 포로들은 따로 수용돼 있었다. 그래서 병식이 형은 일련의 사태에 휘말리는 일 없이 순조롭게 수용소 생활을 할 수 있었다.

한편, 1953년 휴전이 다가오면서 국군과 연합군은 포로들과 면담을 진행했다. 포로 교환을 염두에 둔 이 면담은 각자의 사상에 따라 '남한과 북한 중 어디로 갈 것인가' 결정하는 중요한 면담이었다. 강제로 징집되었던 남한 출신 의용군은 물론 자신의 의지와 무관하게 인민군에 차출된 북쪽의 많은 병사들도 이 면담에서 남한에 남겠다는 의사를 밝혔다.

당시 광주지검 순천지청장이었던 큰아버지는 공안검사로서 포로들 면담을 위해 거제도 포로수용소에 가 있었다. 그런데 의용군 포로 명단에서 사돈 조카의 이름 '황병식'을 발견했다. 놀랍기도 하고 반갑기도 해 고향과 생년월일 등 기록을 찬찬히 살펴보니 친구이자 사돈인 황연구의 아들 황병식이 분명했다. 명단을 더 살펴보니 고창군 성내면 출신의 낯익은 이름이 세 명 더 있었다.

큰아버지는 우선 고창으로 사람을 보내 소식을 전했다. 당시 인민군은 이미 후퇴했는데 전쟁에 나간 어린 손자의 생사는 알 길이 없으니 외할머니는 애만 태우고 계셨다. 손자의 소식을 갖고 온 이에게 외할머니는 몇 번이나 고개 숙여 "고맙다."는 인사를 했다. 외숙모도 "이제 됐다. 네 큰형은 이제 산 거야." 하며 병규 형을 붙들고 기쁨의 눈물을 흘렸다.

수용소에서 면담을 진행하던 큰아버지는 당신이 사돈 조카를 면담해야겠다 결심하고 일부러 형이 소속된 수용소 사람들을 맡아 차례로 면담을 시작했다. 그런데 순번이 되어도 사돈 조카는 면담 장소인 막사로 들어오지 않았다. 어찌된 일인지 알아봤으나 아무도 그 이유를 알지 못했다. 이후로 더 많은 사람들을 면담하며 기다려도 병식이 형은 나타나지 않았다.

면담 순서를 기다리던 병식이 형은 먼저 면담하고 나온 이들에게 김완규 검사가 담당 면담관이라는 사실을 듣고는 깜짝 놀랐다. 아버지의 친구이기도 한 사돈어른에 대해 형은 익히 잘 알고 있었다. 같은 연배였던 두 분은 사돈이 되면서 친구가 되었고 항일의식을 공유하며 더욱 돈독한 관계를 유지했었다. 비록 사상도 다르고 가는 길도 달랐으나 아버지는 사돈어른을 존중했고 사돈어른도 아버지를 존중했다.

웬일인지 형은 사돈어른과 면담할 생각을 하니 앞이 깜깜했다. 가볍게 생각했던 면담이 어쩐지 무거운 느낌으로 다가왔다. 아버지와도 같은 그분 앞에서 자신의 의견을 제대로 말하기가 힘들 것만 같았다. 무엇보다 패잔병이 되어 그분을 뵙는다는 것이 엄청나게 쑥스럽고 창피했다.

그래서 형은 자신의 순서가 왔을 때 슬그머니 그 줄의 맨 끝으로 자리를 바꿔 섰다. 그렇게 여러 차례 자리를 바꿔 섰다가는 아예 그 줄에서 멀리 떨어져 나왔다. 사돈어른이 자리를 비우고 다른 면담관이 왔을 때에야 형은 면담하는 막사로 걸어 들어갔다.

그런데 면담관은 황병식이라는 이름을 확인한 후 잠시 기다리라며 밖으로 나갔다. 형은 무슨 일인가 의아했지만 시키는 대로 하는 수밖에 없었다. 잠시 기다리고 서 있는데 사돈어른이 들어와 면담관 자리에 앉았다. 그렇게 피하려고 애를 썼건만 적군의 포로로서 사돈어른과 맞닥뜨리게 된 것이다. 형은 순간 당황했다. 반면 큰아버지는 잃었던 자식을 찾은 아버지의 심정이 되어 자애로운 미소로 사돈 조카를 맞았다.

사돈어른의 미소 띤 얼굴을 보자 병식이 형은 전쟁과 수용소 생활 동안 꽁꽁 얼어붙었던 마음이 순식간에 녹아내리는 느낌이었다. 형의 눈에서는 닭똥 같은 눈물이 뚝뚝 떨어졌다. 큰아버지는 괜찮다는 듯 사돈 조카의 손을 잡았다. 서로가 따로 긴 말을 할 필요가 없었다. 형의 나이 그때 겨우 열여덟이었다.

1953년 6월 8일, 포로송환협정이 맺어졌다. 1953년 8월 5일부터 9월 6일 사이에 우선 송환 희망자 9만 5천여 명을 판문점에서 송환하고, 송환 거부 포로 2만 2천 명은 중립국 송환위원회에 넘겨 자유의사에 따라 행선지를 결정하도록 정해진 것이다.

그러나 이승만 대통령은 이에 불복, "반공 애국 동포를 북으로 보낼 수 없다."면서 1953년 6월 18일 0시, 반공 포로 2만 7천여 명을 한꺼번에 석방시켰다. 연합군의 의사를 무시한 이 사건은 국제적으로 큰 문제가 되기도 했지만 덕분에 병식이 형은 석방되어 집으로 돌아올 수 있었다.

그렇게 해서 형은 집으로 돌아왔다. 이후로 큰아버지나 병식이 형 모두 수용소 얘기는 절대 입 밖으로 꺼내지 않았다. 때문에 그곳에서 두 분 사이에 구체적으로 어떤 대화가 오갔는지는 알 수 없다. 다만 이후 집으로 돌아온 형이 평소 큰아버지의 말씀을 따르고 존중하는 모습에서, 또 큰아버지가 형을 자식처럼 아끼는 모습에서 두 분의 정이 이전보다 훨씬 두터워졌음을 짐작할 수 있었다.

1953년 7월 27일 휴전협정이 조인되면서 6.25전쟁은 긴 휴전에 들어갔다.

포로수용소에 형과 함께 수용되었던 세 명의 성내면 청년 중 둘은 북으로 송환되었다. 병식이 형과 함께 고향으로 돌아온 완이 아저씨는 이후 약대를 졸업하고 지금도 서울의 사근동에서 약국을 경영하고 있다. 북송된 두 청년 중 한 명은 피난 때 어머니를 모시러 왔던 천익이 아저씨의 동생 황두익이었고, 두익이 아저씨는 북으로 간 후 돌아가셨고, 큰외삼촌의 둘째, 병락이 형은 '트' 사건과 연루되었던 백한기가 수배 중일 때 그의 프락치 노릇을 한 혐의로 체포되었다. 실질적으로 빨치산 전북도당 조직은 회문산에서 해체된 것과 다름 없었기 때문에 형이 따로 조직 활동을 할 기회는 없었다. 다만 회문산에서 내려온 육촌 병선이 형과 '트' 사건으로 알게 된 백한기의 자잘한 심부름을 몇 번 도운 것이 화근이었다. 어린 나이에 따로 사상이 투철했던 것은 아니지만 형은 '트' 사건 때 외가 식구들을 고문했던 서 형사에게 덜미를 잡혀 전주에서 잡혀 감옥 생활을 했다.

병식이, 병락이 형은 물론 셋째 병규 형까지, 큰외삼촌 댁 식구들은 전쟁 이후 연좌제에 걸려 제대로 된 사회생활을 할 수 없었다. 사상범의 가족 또는 친족임이 신원 조회에서 밝혀지면 고급 공무원으로 임명되지 않거나 불이익을 당하는 것이 연좌제이다. 제5공화국 들어 1980년 헌법 개정 때 국민 총화를 기하려는 취지로 '연좌제 금지규정'이 마련되면서 연좌제는 대한민국에서 영원히 사라졌다.

병식이 형은 휴전 후 원광대학교에 들어가 학업을 계속했지만 연좌제 때문에 군에 다녀온 후 농사를 지었다. 병락이 형은 연좌제 폐지후 고창의 민주당 국회의원이었던 김상흠 씨 보좌관을 지내는 등 잠시 정치 활동을 하기도 했다.

2010년 올해는 6.25전쟁이 끝난 지 꼭 60년이 되는 해다. 전쟁은 과거 속으로 사라진 지 오래고, 그동안 정권도 여러 차례 바뀌었다. 그런데 가끔씩, 전쟁 중 겪었던 죽음과 반목의 황폐한 기억이 이념 논쟁의 외피를 뒤집어쓰고 여전히 유령처럼 떠도는 모습을 본다. 아직 남북 대치 국면이니 어쩔 수 없다는 이도 있다. 허나 어찌 되었든 이는 안타까운 일이 아닐 수 없다.

앞에서 얘기한 것처럼 개인은 역사의 객체이면서 또한 주체이기도 하다. 어떤 개인이 역사의 수레바퀴 밖에서 따로 자기 삶을 굴릴 수 있으며, 어떤 역사의 수레바퀴가 한 명의 개인이라도 역사 밖으로 던져 놓고 저 혼자 굴러갈 수 있겠는가? 개인의 의지와는 무관하게 벌어진 전쟁에 개인이 희생된 것도 안타까운 일인데 그로 인한 피해의 찌꺼기를 보물처럼 끌어안고 오늘을 살아간다는 것은 너무나 어리석은 일이 아니겠는가?

역사학자 E.H 카는 역사를 "과거와 현재의 대화."로 규정했다. 과거를 돌아봄으로써 그에 대한 반성으로 현재를 잘 살 수 있고, 미래 또한 바르게 예측해 오류를 피해 가며 살아가게 하는 게 역사라는 말이다.

살아남은 자로서 앞서 죽어 간 이들에게 최대한의 예의를 지키는 것, 그들의 삶과 죽음을 헛되이 만드는 일체의 행동과 말을 삼가는 것, 그리고 지난 시간을 반면교사(反面敎師) 삼아 오늘을 부끄럼 없이 잘 살아가는 것. 그것이 오늘을 사는 우리가 가져야 할 삶의 자세일 듯하다.

제4장 나와 함께한 사람들

뿌리 깊은 나무, 바람에 흔들리지 않고

삶의 터전을 미국으로 옮기기까지

나는 지금도 아버지를 생각하면 눈물부터 고인다. 아버지를 임종하지 못한 불효가 가슴 아프고, 유학 가며 했던 약속을 지키지 못했음이 송구스럽다. 더구나 그분이 사셨던 시간보다 더 오랜 시간 지상에 있으면서 아버지가 되고, 할아버지가 되고 보니 선친에 대한 정이 사무칠 때가 많다. 장성한 자식들이 자리 잡는 모습도, 각자의 분야에서 나름 성공하는 모습도 못 보시고 세상을 떠나신 말년의 아버지 삶이 서러워 저절로 눈물이 고이는 때가 많아진 것이다.

아버지의 죽음은 내 인생 최대의 큰 충격이었다. 한국에 들어와 중환으로 누워 계신 모습을 봤음에도 아버지께서 곧 돌아가실 거라는 생각은 전혀 하지 못했다. 곧 회복해 옛날처럼 생활할 수 있을 것 같았고, 다만 '회복 때까지 몹시 힘드시겠구나' 멀리서 걱정만 하고 있었다. 그렇게 마음의 준비도 없이 아버지의 부고를 듣고 보니 한순간에 하늘이 내려앉는 것만 같았다.

나의 포부와 꿈, 이상을 함께했던 분이기에 아버지 부고의 충격은 상상을 초월했다. 부음을 듣자마자 몸이 뻣뻣해지면서 가슴에 심한 통증이 느껴졌고, 눈에서는 쉴 새 없이 눈물이 흘러내렸다. 숨이 잘 안 쉬어져서 가슴을 웅크린 채 한동안 움직이지도 못했다. 눈물범벅이 된 아내가 옆에서 어떻게든 나를 진정시키려 노력했지만 헛수고였다. 온몸을 통해 흘러나오는 아비 잃은 자식의 설움은 간호사인 아내도 어쩌지 못하는 영역의 것이었다.

아버지 상을 치루고 삼우제를 마쳤을 때는 1979년 새해를 시작하는 설날이었다. 그런데 나는 박사과정을 마치는 시험 때문에 귀국하지 못했다. 그 불효는 평생을 뼈에 사무쳐 지금도 죄송함에 얼굴을 붉어질 때가 있다.

가족과 함께 아버지 상을 치루지 못한 불효에 또 한 번 가슴 아파하면서 나는 대신 아버지가 병석에서 걱정하셨던 부분들을 곰곰이 생각했다. 가족 모두 아버지를 잃은 상실감과 허탈감에 빠져 있을 것을 생각하니 나라도 빨리 정신을 차리고 가족이 앞으로 어떻게 살아가야 할까 대책을 마련해야 했다. 형님 두 분은 가정적으로나 사회적으로 안정되어 있었지만 동생들은 그렇지 못했다. 아버지는 그래서 동생들 걱정을 많이 하셨다. 어머니를 홀로 남기고 가시는 것도 마음에 크게 걸리셨을 것이다.

셋째이기는 했지만 대학 시절부터 아버지와 많은 대화를 나눈 나는, 우리 집안을 다시 일으키는 소임을 내 것으로 받아들였다. 군수를 지내신 할아버지에 법조계에 이름을 남기신 큰아버지, 고위직 공무원으로 퇴임하신 아버지까지. 집안의 내력을 생각하면 현재의 우리들은 여러 모로 선대에 못 미치는 삶을 살고 있었다. 적어도 부끄럽지 않은 모습으로 후대를 맞으려면 형제들 중 누군가 나서서 총대를 메고 집안 전체의 안위를 걱정하고 보듬는 인물이 필요했다. 그리고 나는 그 인물이 바로 나라고 다짐했다.

아버지께서 서울대학교에 입학하는 나를 붙들고 집안을 다시 일으켜야 한다 말씀하셨던 순간을 나는 기억하고 있었다. 또한 병석에서 눈으로 말씀하신 수많은 당부를 나는 가슴으로 받아들이고 있었다. 아버지를 묻고 돌아오면서 나는, 아 지금이 바로 그런 나의 소임을 실행할 때구나 감지할 수 있었다.

사실, 아버지 문병 후 미국에 들어가서 제일 먼저 한 일이 일자리 찾기였다. 박사과정 막바지로 아직 공부가 끝나지 않았지만 빨리 한국에 들어와야만 뭔가가 정리될 것 같았다. 그때 미국 공보국 USIS에서 사람을 모집했다. 한국 근무였다. 기회다 싶었다.

그런데 하필 미국 시민권자가 아니면 그 일을 할 수 없다는 연락을 받았다. 난감했다. 한국으로 돌아가 일을 하자니 한국 국적을 포기해야 하는, 아주 아이러니한 상황에 직면한 것이다.

국적 포기는 쉽게 결정할 수 있는 일이 아니었다. 아버지와의 약속도 있었고 나의 포부도 그렇고, 모든 계획이 대한민국에 돌아가는 것을 전제로 하고 있었다. 그러니 단순히 지금의 위급한 상황을 타계하기 위해 국적을 포기할 수는 없는 일이었다. 더구나 내게는 아내와 두 아이가 있었다. 내가 국적을 포기함과 동시에 그들도 미국 시민이 되어야 하니 혼자서 결정할 수도 없는 일이었다. 나는 망설였다.

그런데 아내는 오히려 적극적이었다. 국적을 포기하면 형제들을 돕는 일도 수월해진다는 것이 아내의 논지였다. 그때는 미국이 이민자를 많이 받아들일 때여서 미국 시민권을 갖게 되면 가족을 원하는 대로 초청할 수 있었다. 아내는 형제들의 미국 초청을 염두하고 그런 말을 한 것이다. 혼란스러웠다.

그런 와중에 아버지 부음을 들었다. 어쩌면 그때가 내가 미국 시민으로 살아가게끔 결정되는 순간이었다. 공부는 마쳐야 하고 아버지께서 그렇게 눈에 밟혀 하는 동생들도 건사해야 하니 다른 길이 없었다. 지난한 망설임 끝에 결국은 국적 포기를 결심하게 되었다.

삼우제 후 형들과 전화로 집안 문제를 의논하면서 "내가 기반을 잡는 대로 동생들을 미국으로 데려가겠다."는 말씀을 드렸다. 형들은 굳이 그렇게 할 거는 없다고, 여기서 자리를 잡도록 형들이 적극적으로 돕겠다고 나섰다. 그러나 아버지를 떠올리면 동생들의 미래가 내 어깨에 달려 있는 것만 같아 나는 거꾸로 형들을 설득했다. 그때는 한국 경제가 꽤 어려운 상황이어서 동생들도 미국에 가서 일하기를 바라고 있었다.

그렇게 해서 우선 1979년 초여름, 어머니와 영란이, 용국이 부부와 아기가 미국으로 들어왔다. 미 공보국 일은 이미 물 건너간 상태였기에 우선 나는 박사과정을 마치는 데 매진했다. 당분간 집안 경제는 간호사인 아내가 책임을 질 수밖에 없었다.

다행히 형편이 좋지는 않았지만 공부를 하면서 일을 해 집 한 채를 마련해 놓았었다. 아내가 일을 하고 있으니 한국식 사고로 무조건 집 하나는 장만해야겠다 별러서 산 작은 집이었다. 그 집에 한국에서 온 식구들까지 열 명이 함께 살았다. 그때는 그것만으로도 얼마나 다행스럽고 감사하던지.

동생들이 오기 전 내 마음과 몸은 무척 바빴다. 공부하는 틈틈이 어디선가 물건을 세일한다면 제일 먼저 달려가 생필품들을 사들였다. 쌀은 물론 심지어 코카콜라까지 세일가로 사서는 창고에 쌓아 쟁였다. 그러나 내 나름대로 그렇게 준비를 했음에도 열 식구가 한꺼번에 소비하는 식비는 정말 굉장했다.

대가족 살림을 하기 전, 우리 식구는 사실 시간이 없어서도 세 끼를 다 해 먹지 못했다. 저녁 한 끼 제대로 먹으면 다행이었고, 그 외에는 우유에 씨리얼 등으로 간단하게 해결했다. 그런데 어머니께서 집에 계시니 온 식구가 아침부터 밥을 해 먹게 되었다. 10kg짜리 쌀이 2, 3일을 못 갔다.

어머니가 해 주시는 한국 음식을 먹는 식사 시간은 늘 행복했다. 아이들도 할머니가 해 주시는 음식을 맛나게 먹었다. 하지만 동생들이 일자리를 찾기까지 초기의 몇 달은 먹고 사는 일 자체가 여간 벅찬 것이 아니었다. 우선은 안타까운 마음에 모두 초청을 했지만 금세 난감한 상황에 직면한 것이다.

거기에 더해서 미국에 도착하면서부터 어머니는 영란이의 혼사 걱정을 하셨다. 일자리를 잡는 것도 중요하지만 짝도 없이 홀로 이국땅에서 살 딸을 생각하니 가슴이 아프셨던 것이다. 현명한 아내가 우선 영란이의 혼처를 알아보기 위해 발 벗고 나섰다.

다행히 이미 미국에 와 자리를 잡고 계신 장모님이 선자리를 주선해 주셨다. 영란이와 함께 상대를 만나러 가 보니 다행스럽게도 전주고등학교 1년 선배였다. 그분은 나를 보자마자 집안 걱정은 안 해도 되겠다며 호탕하게 웃었다. 우리도 그분 집안을 잘 아는 터라 안심이 되었다.

미국까지 가서 집안 운운하는 것이 우습게 들릴 수도 있다. 하지만 당시 미국 이민 사회에서는 결혼을 할 때 집안을 따지는 예가 많았다. 그도 그럴 것이 어디서 왔는지, 그 뿌리가 누구인지 모르는 채 하는 결혼은 그만큼 실패의 확률이 높았기 때문이다.

타국에서 연분을 만나는 일이 쉽지 않은데 영란이의 혼사는 다행히 순조롭게 진행되었다. 어머니는 한시름 내려놓고 이후로 좀 편안해 하셨다. 결혼한 딸 집에 오가다 보니 소일거리도 늘었고, 영란이가 곧 임신을 해 산간을 챙기느라 미국 생활에도 생각보다 쉽게 적응을 하셨다. 어머니는 나중까지도 영란이 혼사에 관해 아내에게 크게 고마워하셨다.

한국에서 가정 선생님을 했던 영란이는 가정을 가지면서 일자리 고민을 할 필요가 없어졌다. 어머니의 살림 솜씨까지 이어받은 영란이는 가정을 행복하게 꾸리는 데 열심이었다. 어머니를 닮아 음식 솜씨도 뛰어났기 때문에 나보다 한 살 많은 매제도 결혼 생활을 매우 흡족해했다.

네 형제가 미국 땅에 뿌리를 내리다

아버지를 닮아 낭만적인 구석이 많았던 다섯째 용국이는 미국에 들어와 고생을 참 많이 했다. 아내와 아이까지 데리고 새로운 출발을 결심했으니 책임감도 만만치 않았을 테고, 그만큼 마음고생도 제일 심하지 않았을까 싶다.

처음 미국에 도착해서부터 용국이의 각오는 대단했다. 청소나 잡역 일 등을 등 닥치는 대로 했다. 한국에서 버젓이 대학 교육까지 받은 친구가 막노동에 가까운 일들을 하자니 고역이었겠지만 용국이는 그 일들을 마다 않고 힘들여 해냈다. 그 시절 아직 박사과정 학생이었던 나는 동생의 고생을 안쓰러운 마음으로 그저 지켜볼 수밖에 없었다.

영어를 익히는 동안 LA에서 잡다한 일을 했던 용국이는 결국 시카고로 거처를 옮겨 자리를 잡았다. 서강대학교 1기 졸업생이었던 용국이의 처남이 시카고에서 컴퓨터그래머로 일하고 있었는데 그쪽에 일

자리를 주선해 주었다. 이민 초창기, 용국이의 1차적인 고생은 그렇게 끝이 났다.

막내 남동생 부부는 다른 동생들보다 몇 개월 늦게 미국으로 왔다. 당시 막내는 한국합판에 취직해 인도네시아에서 현지 근무를 하고 있었다. 현지 근무를 마치고 미국으로 들어온 막내 또한 처음에는 고생을 많이 했다. 인도네시아에 근무하면서 그래도 웬만큼 영어를 할 수 있었지만 언어가 문제되어 자기 분야에 자리를 잡지는 못했다.

미국에 이민 오는 사람들은 대부분 언어 장벽을 대수롭지 않게 생각한다. 그런데 현지에 도착하면 제일 힘든 부분이 또한 언어 문제이다. 언어라는 것이 아무리 잘한대도 현지 사람들을 그들의 언어로 맞상대하는 것은 결코 쉬운 일이 아니기 때문이다.

막내는 영란이 부부와 내가 동업하여 1982년 이탈리안 레스토랑을 개업하면서 미국에 무리 없이 안착했다. 나는 회사를 다니고 있었으므로 막내 부부와 영란이 부부가 함께 매달려 그 레스토랑을 운영했다.

1981년부터 나는 미국에서 일자리를 구해 일을 하기 시작했다. 1979년 박정희 정권 말기에 외환관리를 맡아 달라는 정부의 연락을 받고 귀국을 꿈꾸기도 했었다. 그러나 10.26사태로 대통령이 죽고 이후 5.18로 정권이 바뀌면서 그 일은 무산되고 말았다.

국적은 포기했으나 여전히 기회가 되면 언제든 한국에서 일할 생각을 가졌던 나는 그 일이 무산된 후 '미국에 뿌리를 내려야겠다' 결심했다. 태평양 너머를 바라보는 시간이 길면 길수록 한국에서도 미국에서도 뿌리 없이 떠도는 인생이 될 것이 불 보듯 뻔했다. 더구나 미국으로 불러들인 동생들이 굳건히 자리를 잡으려면 내가 하루라도 빠른 시일 안에 미국 사회에 든든히 뿌리를 내려야 했다.

박사과정을 마친 후 강의를 하며 지내던 나는 굳은 결심을 하고 삶의 방향을 완전하게 틀었다. 한국에 들어갈 일은 이제 없었다. 미국이라는 땅에서 삶의 승부수를 던져야 하는 것이다. 더구나 일곱 형제 중 네 형제가 미국 땅에 안착했다. 이곳에서 한 일가를 이루어야 한다. 리버사이드에 산다고 친구들이 별명처럼 붙여 준, '강변 김가' 의 1대조로서, 미국 땅에 뿌리를 깊게 내리는 것이 이제 내 삶의 몫이었다.

첫 선택은 '에끌리 인터내셔널' 이라는 투자회사였다. 시간 당 35달러를 받는 고소득 직업이었다. 허나 받는 만큼 일을 해야 하는 고된 직업이기도 했다. 뉴욕 증시가 열리기 전에 유럽의 런던, 파리, 독일에서 열렸던 증권시장의 정보를 분석해서 넘겨줘야 했다. LA는 동부와 3시간이나 차이가 나기 때문에 6시 30분부터 일이 시작되었다. 집에서 회사까지 한 시간을 달려야 하니 5시 30분에 집을 출발해 일터로 쌩쌩 달려갔다.

일은 재미있었다. 그러나 거래액이 몇 백만 달러가 넘다 보니 처음에는 잠도 안 오고 부담스럽기도 했다. 하지만 일이 익숙해지면서 3년을 넘게 이 회사에 근무했다. 항상 평상심을 유지하는 성격이다 보니 일이 나와 잘 맞았던 것 같다. 그곳에 근무하면서 투자의 노하우도 생기고, 일의 전망을 생각하니 내 회사를 갖는 것이 현명하다는 판

단이 섰다. 그래서 1983년, 내 명의의 투자회사를 차려 독립을 하게
되었다.

그런데 막상 회사를 운영해 보니 비즈니스라는 것이 상품만 좋아서
되는 게 아니었다. 일단 투자자를 끌고 와야 일이 진행되는데 그것이
쉬운 일이 아니었다. 한 2년쯤 하다 보니 투자비가 너무 많이 들어서
사업을 접게 되었다. 아무리 좋은 상품도 마케팅이 제대로 결합되지
않으면 실패한다는 사실을 뼈저리게 체험했다. 그걸 깨닫는 데 LA에
있던 콘도미니엄 하나가 휙 하니 날아갔다. 수업료 치고는 좀 비싼
편이었다.

이후로는 제일 안전한 일을 택해서 하자 싶어 CPA 오피스, 회계사
사무실을 냈다. 거래처에서 받은 일을 머리로만 하면 되니 따로 투자
비가 크게 들 일이 없었다. 다행이었다.

그런데 그 업계에 들어가 보니 회계사들이 실물경제 개념이 없다는
사실이 눈에 띄었다. 당시 나는 투자회사에도 있었고 스스로 투자회
사를 운영도 해 보았으니 실물경제에 대한 안목이 탁월한 정도였다.
자산과 실물, 이 두 가지를 다 다룰 수 있으니 고객들의 투자와 재테
크도 함께 도울 수 있었다. 그러니 내 회계사 사무실이 번성하는 것
은 어찌 보면 당연했다.

내게 회계 업무를 맡긴 사람들은 이후로 20, 30년 이상씩 나의 고객
으로 머물렀다. 단순 회계 업무만 보는 것이 아니라 그들이 어떻게
자산을 늘릴 수 있는지 다양한 정보를 주고 그에 따른 조언도 하다 보
니 우리 회사에 일을 맡긴 고객들은 나날이 부자가 되어 갔다. 그러

니 당연히 우리 회사를 안 떠날 수밖에 없었던 것이다.

말이 회계사 사무실이지 사실 내가 한 일은 '가정 컨설팅'이나 다름없었다. 자산에 관한 자문뿐 아니라 투자자가 처해 있는 상황에 따른 여러 문제들을 함께 고민하고 해결도 함께했다.

이민 1세 대부분은 자녀 교육에 특히 관심이 많았고, 그런 만큼 고민도 많았다. 나는 미국에서 공부한 경험을 살려 좋은 학교도 추천해 주고, 어떻게 하면 아이들이 미국 학교에 제대로 적응하고 마음껏 기량도 펼칠 수 있을지 성심껏 조언했다. 때로 이민 생활 중 부부 간에 갈등을 겪는 고객에게는 간호사인 아내까지 나서서 그 갈등을 원만히 해결할 수 있도록 다방면으로 도왔다.

그렇게 회사를 운영하다 보니 대부분의 고객이 "저분을 만나 내 인생이 편해졌다."고 생각하곤 했다. 몇 십 년씩 우리 사무실에 들르는 고객들은 여러 이유로 나를 친구처럼 편안해했다. 나 또한 그들을 내 가족처럼 생각했다. 대가족 속에서 성장해 온 내게 있어 그들은 낯선 미국 땅에 와 고생하고 있는 나나 내 동생들과 다를 바가 없는, 또 다른 가족이었다.

그 때문인지 퇴직을 예고한 후 7년이 지난 작년에야 나는 사무실 문을 닫을 수 있었다. 기존 고객들이 다른 회계사 사무실로 옮길 생각을 않고 계속 미적거리며 일을 부탁했기 때문에 어쩔 수 없이 그렇게 된 것이다.

한편, 이탈리안 레스토랑을 인수해 운영한 것은 에끌리 인터내셔널에 다니던 무렵이었다. 영란이 남편과 동업으로 시작한 이 레스토랑은 동생들이 미국에 정착하는 데 아주 큰 힘이 되었다. 우리 시대의 이민 세대들은 보통 이렇게 두 가지 이상의 일을 하는 게 흔한 일이었다. 이후로도 나는 회사를 운영하면서 비디오 렌털 숍을 운영하는 등 계속 투 잡(two job)을 유지했다.

우리가 인수한 'Peter Italian Restaurant'은 원래 이탈리아인이 운영하던 이탈리안 음식점으로 LA에서 꽤 유명한 레스토랑이었다. 언제나 손님이 붐벼 3, 40분은 기다려야 하는 이 레스토랑에서 식사를 하던 중 아내가 무심코 "저런 식당 하나만 갖고 있으면 은퇴 후 걱정은 없겠다."는 말을 한 적이 있었다. 나는 이 말을 흘려듣지 않았다.

때를 봐서 주인에게 "혹시 가게를 팔 생각이 없느냐?"고 물었다. 물론 주인은 그럴 생각이 없다고 했고, 나는 혹시 팔고 싶으면 나에게 연락하라는 당부를 해 두었다. 미국은 여기와 달라서 레스토랑을 인수하더라도 한꺼번에 값을 지불하지 않아도 되는 데다 동생들이 들어와 있으니 그들과 함께 운영하면 되겠다는 요량이었다.

얘기를 꺼낸 지 한 1년쯤 지났을 때 주인으로부터 연락이 왔다. 나는 기회를 놓치지 않고 레스토랑을 인수했다. 이탈리안이었던 그 레스토랑의 원주인은 레스토랑 사업으로 성장해 온 사람이었다. 그는 동양의 조그만 나라에서 온, 경험조차 없는 나를 얕보는 기색이 역력했다. 그래서 계약서를 쓸 때 아주 꼼꼼하게 여러 조항들을 집어넣어 손해를 보지 않도록 조치를 취했다.

요리의 레시피(recipe)를 넘겨받았고, 처음에는 소스를 만드는 일 등 음식 맛을 전체적으로 관리해 주는 조건을 내세웠다. 만약 전 주인이 레스토랑을 열고 싶으면 이 레스토랑으로부터 40리는 떨어진 곳에 열어야 한다는 조항까지 계약서에 꼼꼼히 적어 넣었다.

레스토랑 인수에 든 돈은 16만 달러였다. 처음에 지불한 돈은 5만 달러였는데 자금이 넉넉지 않았기 때문에 영란이 남편과 반반씩 투자해 동업을 시작했다. 영란이 부부와 막내 부부가 매달려 이 레스토랑을 운영했고, 예상대로 적지 않은 수입이 있어 2년 반 후에는 남은 원금을 모두 갚을 수 있었다.

이 레스토랑은 중간에 남동생 부부가 단독으로 운영하다 다시 영란이 부부가 이어받아 20년 정도 더 운영했다. 레스토랑 사업은 우리네 형제가 미국에 안전하게 정착하는 데 아주 커다란 몫을 했다. 영란이 부부까지 레스토랑에서 완전히 손을 뗄 때는 형제들 모두 서운한 마음을 감추지 못했다.

낯선 땅, 믿을 건 가족밖에 없다던 아내

세 동생이 미국으로 건너오기 전, 한때 아내와 나는 거의 매일 말다툼을 벌였다. 그 전까지 나는 일과 공부를 병행하느라, 아내는 일하며 아이 키우느라 서로 얼굴 맞대고 다툴 틈조차 없었다. 더구나 서로를 의지하지 않으면 도망갈 곳도 없는 타국에 있으니 우리 둘의 부부애는 다른 부부보다 훨씬 끈끈할 수밖에 없었다.

그런데 가족 문제가 끼어드니 다른 부부처럼 우리 사이에도 다툼이 생겼다. 아버지는 중환이신 데다 동생들의 미래까지 걱정하다 보니 나는 그때 극도로 예민해 있었다. 아내는 그런 나를 지켜보는 것도 힘들었을 텐데 어떻게든 해결책을 찾으려 애쓰다 보니 서로 간에 다툼이 잦아졌다.

부부 싸움의 핵심은 형제들의 미국행에 관한 것이었다. 다른 집 같으면 시댁 식구를 불러오는 문제이니 아내는 반대하고 남편은 찬성하는 그림이 그려졌을 것이다. 그러나 우리 집은 어째 입장이 거꾸로 된 형국이었다.

나는 공부도 못 마쳤고 자리를 잡으려면 시간이 걸리므로 지금 당장이 아닌 적절한 시기를 봐서 동생들을 데려오자는 입장이었다. 그런데 아내는 "그래도 믿을 건 가족밖에 없다."면서 되도록 빠른 시일 안에 형제들이 들어와 자리를 잡는 것이 낫다는 주장이었다. 무엇보다 "아버님의 걱정을 덜어 드리는 것이 시급한 문제 아니냐?"며 내게 빠른 결정을 요구했다.

내 아내는 앞으로 무슨 일이 전개될지보다 '닥친 현안을 우선 해결하고 보자'는 타입의 사람이었다. 그러나 나는 앞으로 벌어질 일들에 대해 미리 예측하고, 그 예측 속에 문제가 발견되면 그 해결책까지 준비한 다음에야 일을 벌이는 사람이었다.

내 눈에는 섣불리 동생들을 불러들이면 모두가 고달플 것이 뻔히 보였다. 그러나 아내는 지금은 비상사태이고, 그럴 때는 나처럼 이것저것 재고 따지고 하는 것이 누구에게도 도움이 안 된다고 주장했다. 일면 맞는 말이었다.

그러던 중 아버지께서 돌아가셨다. 아내의 의견대로 동생들은 바로 미국으로 건너왔다. 그때 내 아내는 엄청나게 힘든 상태였다. 나는 공부를 마치지 못했으니 늘 도서관에 가서 살다시피 했고, 자연히 식구들을 건사하는 것은 아내의 몫이었다. 아이 둘을 데리고 간호사로서 밤 근무까지 잦았던 아내는 마음만큼 모두를 잘 돌볼 수는 없었지만 힘든 와중에도 최선을 다했다.

지금도 나는 그 시절의 아내는 '정말 대단한 친구'였다고 생각한다. 시어머니에 시누이, 시동생, 동서까지. 갑자기 시댁 식구들과 함께 사는 것도 쉽지 않았을 텐데 아내는 내가 공부를 마칠 때까지 혼자 생활비를 다 감당했다. 그러면서도 그것을 당연하게 생각했고 싫은 내색 한 번 하지 않았다.

물론 대가족이 함께 생활하면서 서로가 서로에게 적응하느라 자잘한 부딪침이 생기기도 했다. 하지만 아내는 문제가 발생한다 해서 근본을 흔드는 사람이 아니었다. 그때그때 생긴 갈등을 푸는 데 몰입했을 뿐 어머니와 동생들을 미국으로 불러들인 데 대해서는 일체 후회 같은 건 없었다.

아내와 나는 1971년에 결혼을 했다. 오하이오 주립대학에서 경제학 석사과정을 밟던 중 서머워크(Summer Work)를 하러 시카고에 갔다가 우연히 아내를 만났다. 그 시절 유학생들은 방학이 되면 모두 아르바이트를 하러 주변 도시로 떠났다. 나도 친구들과 함께 시카고로 갔는데, 그곳은 미국 각지에서 몰려온 유학생들로 붐볐다. 오하이오 주립대학에서 간호학을 전공했던 아내도 그곳에 일하러 와 있었다.

유학생들은 다 함께 3층 건물의 기숙사에 머물렀다. 각자의 방이 있고 층마다 공동으로 부엌 하나 샤워실 하나가 딸려 있었다. 주중에 일을 하고 휴일이면 회관에서 유학생끼리 만나 얘기도 하고 그룹 미팅도 하곤 했다. 아내와 나는 그룹 미팅에서 파트너로 처음 만났다.

내가 결혼을 하던 시기는 월남전이 막 끝날 무렵이어서 미국 생활이 무척 힘들었다. 미국 사회 전체가 경제적으로 힘든 시기였기 때문에 유학생들에게 주는 장학금도 줄어들었고, 정부가 지원하는 리서치 프로젝트도 모두 취소되어 학교에는 그 무엇도 기대할 수가 없었다. 오하이오 주립대학은 경제학 분야에서 최고의 학교였지만 그만큼 학비가 비쌌다. 석사과정만 마치고 캘리포니아로 거처를 옮겨 UC 리버사이드에서 박사과정을 밟았다. 석사부터 박사과정을 마치기까지 딱 10년이 걸렸다.

캘리포니아로 넘어올 때 내 주머니에는 단돈 70달러밖에 없었다. 우선 작은 스튜디오에 방을 하나 얻었다. 아내는 임신 중이어서 무척 힘들어 했다. 그렇다고 결혼 전 유학 생활도 편한 것은 아니었다. 생활비를 버느라 하루 한 시간 공부하고 한 시간 일을 하는, 손이 불어 터질 정도로 접시를 닦으며 겨우겨우 버티며 공부를 했었다.

그런데 이제는 한 가정의 가장이 되어 책임질 식구까지 생겼다. 생계가 막막하니 일을 하는 수밖에 없었다. 당분간 공부를 접고 생활 전선에 뛰어들었다. 시간당 3, 4달러를 벌기 위해 나는 취직을 했다. 아내도 학교를 마친 후 간호사 자격증을 따 샌버나디노 카운티 병원에 취직을 했다. 아내는 그곳에서 거의 30년을 근무한 후 은퇴했다.

산타모니카에 있는 사무실까지 자동차로 내달리면서 그 긴 고속도로에 숱하게 눈물을 뿌려 댔다. 빨리 학위를 마치고 한국으로 돌아가야 한다는 생각에 마음은 급한데 경제적인 문제로 앞길이 막히니 암담하기만 했다. 사내는 태어나 세 번 운다는데, 나는 매일매일 눈물을 뿌리며 출근을 했다. 처음에는 '내가 너무 감상에 젖어 있나?' 의

심도 했지만 눈물샘이 고장났는지 출근길 눈물 바람은 오랫동안 멎지를 않았다.

일을 한 지 2년, 학교로 돌아가고 싶은 마음이 턱까지 차올랐을 때, 회사에서 디스켓 개발 요청을 받았다. 그때 그 요청을 받아들였다면 컴퓨터 시대가 확산되면서 떼돈을 벌었을 것이고, 아마도 나는 일찍부터 다른 길을 걸었을지도 모를 일이다. 그러나 나는 학교로 돌아갔다. 돈 때문에 힘들어도 돈 버는 일이 내 삶의 목적일 수는 없었다. '빨리 돌아가 한국의 경제계에서 일익을 담당하겠다' 는, 미국에 올 때 품었던 꿈을 실현하는 게 나한테는 더욱 소중한 일이었다.

그럼에도 불구하고 경제적인 어려움 속에서 공부를 계속하는 것이 쉽지는 않았다. 회사를 그만두고, 더구나 아기를 낳고 보니 도저히 애를 데리고 공부하는 것이 불가능했다. 아내가 밤 근무를 하는 날은 한밤 내내 아기를 돌보고 다음 날 아침 도서관으로 직행했다. 나는 공부하고 아기 보고, 아내는 일을 하고 아기 보고…… 결혼 초기는 정말 힘든 시간의 연속이었다.

버티고 버티다 18개월 된 첫째를 한국의 어머님 손에 맡기게 되었고, 아기가 3살 때 크게 아프면서 미국으로 다시 데리고 왔다. 그 후 1975년에는 둘째 아이, 딸이 태어났다. 이 아이는 미국에 이민 와 계셨던 외할머니 손에 자랐다.

책을 쓴다고 한국에 들어와 있는 동안 아내와 함께 처조카들을 만난 적이 있다. 조카들은 오랜만에 보는 고모가 옛날과 너무 다르다며 놀라는 모습이었다. 예전의 고모는 '여장부' 였는데 지금은 너무 부드럽고 여성적이라면서 '어떻게 하셨길래 고모가 이렇게 변한 거지요?' 하는 얼굴로 나를 쳐다봤다. 나는 그저 계면쩍게 웃었다. 그런데 사실 그 순간, 처조카들의 질문이 나에게는 뼈 있게 다가왔다. 결혼 초의 아내는 조카들의 말처럼 '여장부' 의 면모가 다분했었다. 어떤 일이든 닥치면 겁 없이 돌진하는 스타일이었고, 한번 맡은 일은 책임감을 갖고 어떻게든 끝까지 완벽하게 해냈다. 추진력도 있어서 어떤 모임에서든 리더로서 환영받았으며, 웬일인지 아내 앞에서는 누구나 자신의 얘기를 스스럼없이 꺼낼 정도로 사람을 편안하게 하는 구석이 있었다.

나는 아내에게서 간혹 통이 크고 대범하셨던 어머니를 느끼기도 했고, 가정사에 있어서는 아내가 나보다 한수 위라는 생각에 모든 결정을 아내에게 맡겼다. 또한 수다스럽지 않으면서도 핵심에 다가가는 발언으로 나를 설득할 때는 아내가 참 똑똑하다는 생각도 많이 했다.

그런데 그런 아내의 성격이 계속 유지되기에는 내 성격이 만만치 않게 강한 편이었다. 나는 내가 옳다고 생각하는 일에는 내 주장을 굽히지 않는 사람인 데다 한 번 결정한 일은 번복하지 않고 끝까지 밀고 나가는 성격이었다. 오랜 세월 그런 나를 받아 내면서 가정의 평화를 유지하자니 아내 입장에서는 스스로 타고난 본래의 성격을 죽일 수밖에 없었을 것이다.

더구나 경제적으로 무척 힘들었던 결혼 초기, 남편 뒷바라지에 병원일 하랴 아이 키우랴 혼자서 너무 많은 일을 감당했으니 그 과정에서도 아내의 대범한 성격은 의도치 않게 많이 누그러들었다. 다른 한편으로 미국 이민 사회가 생각보다 좁아 작은 일에도 말이 많은 사회여서 되도록 조심하며 살아온 까닭에 나나 아내의 성격이 조금은 소심해지고, 소극적이 되기도 했을 것이다.

그러니 처조카들이 농담처럼 던진 말에 나는 내 자신에게 깊은 반성의 칼날을 들이밀 수밖에 없었다. 조카들은 예쁘게 '고모가 부드럽고 여성스러워졌어요' 라고 표현했지만 나는 그 말이 '통이 크고 대범했던 고모가 소심해졌어요' 라는 소리로 들렸다. 그리고 아내를 그렇게 만든 것이 꼭 나인 것만 같았다. '나와의 결혼 생활이 아내의 천성을 유지, 발전시킬 만큼 편안했던 건 아니구나' 생각하니 날카로운 칼날이 스윽 가슴 한복판을 긋고 지나간 것처럼 그렇게 마음이 아파왔다.

나는 부부 관계는 수평적일 때 완전하다고 생각한다. 동반자적인 관계로서 각자의 일이나 꿈을 추구하는 데 서로가 도움이 되고, 언제나 서로에게 편안한 안식처가 되어줄 수 있는 수평적인 관계. 그런 관계를 꿈꾸어 왔기에 그동안 나는 실제로 나와 아내의 관계를 그렇게 유지하며 살아왔다. 아니 그렇게 살아왔다고 자부했었다.

간호사인 아내의 직업을 존중했으며, 경제적으로 여유가 생긴 후에도 나와 똑같이 아내가 자기 분야에서 일하는 것을 당연하게 여겼다. 아내가 밤 근무를 할 때는 당연히 내가 아이들을 돌봤고 애들 또한 엄마의 직업에 대해 존경심과 존중감을 잃지 않도록 키웠다. 아이들 교육과 경제활동은 내가 맡고, 가정 일에 관한 한 전권을 아내에게 맡기는 등 역할 분담도 뚜렷이 하려고 노력했다.

그런데 이제 와 생각해 보면 바깥일은 모두 내가 맡는 식의 그런 뚜렷한 역할 분담도 아내의 성격을 소극적으로 만드는 데 한몫 한 것이 아닐까 싶다. 주로 내가 바깥일을 맡다 보니 아내는 일면 사회성을 잃어버리고 소극적인 성격으로 변한 게 아닐까 반성이 된다.

또 경제적으로 여유가 생기면서는 밤 근무까지 해 가며 일을 하는 아내를 만류하고 힘든 결혼 생활로 잃어버린 자기 자신을 돌볼 수 있도록, 더 많은 시간을 자기 개발에 투자할 수 있도록 배려했어야 하지 않았나 반성이 된다. 바깥일을 한다는 핑계로 가정생활에 소홀했던 것은 아닌가 싶기도 하고, 아내와 더 많은 시간 함께하지 못한 것이 후회가 된다.

말년에 이르면 어떤 남편이든 이런 식의 후회를 하는지도 모르겠다. 하지만 나의 경우, 아내도 별 불만을 얘기한 적 없고 나도 아내와 결혼 생활을 잘해 왔다 자부했는데 이런 반성이 뒤늦게 찾아오니 사실, 어찌 할 바를 모르겠다. 지금부터 더 잘하자, 싶으면서도 아내에게로 향하는 미안한 마음은 쉽게 거둬질 것 같지가 않다.

어머니, 그러시면 철이가 섭섭합니다

'어머니'라는 이름은 이 세상 모든 아들에게 '그리움'의 대명사가
아닐까?

대가족 속에 묻혀서 산 어린 시절에는 어머니의 존재가 이렇게 길
고도 특별한 그리움으로 남게 될 줄 미처 알지 못했다.

형제들도 많은 데다 어머니의 손길을 필요로 하는 객식구들이 많았
던 어린 시절, 나는 사실 특별히 어머니의 사랑을 받고 있다는 느낌이
없었다. 늘 형들이 쓰던 물건을 물려받아 쓰는 입장이니 차별받는 느
낌이었고, 철없던 중학 시절 자잘한 사고를 치고 다닐 때는 호되게 혼
을 내는 어머니를 원망한 적도 많았다.

그런데 아버지가 돌아가신 후 어머니를 모시고 함께 살면서 새삼스
럽게 어머니의 사랑을 느낄 기회가 많았다. 우선은 머나먼 땅 미국까
지 아들 하나 믿고 와 주신 게 너무나 고마웠다. 그리고 정착 과정에

서 애를 먹는 동생들을 안타깝게 지켜보시는 어머니의 모습에서 '어머니의 사랑은 정말 끝이 없는 거구나' 새삼 실감할 수 있었다.

그럼에도 지금 생각하면 함께 살면서 못해 드린 게 참 많았구나, 반성이 앞선다. 더구나 책을 쓰느라 인터뷰를 하면서 어머니의 삶을 더 깊이 들여다보고 나니 '어머니가 힘겹게 살아오신 세월을 반도 이해하지 못했었구나' 하는 생각에 서글퍼지기도 했다. 어머니는 깨물어 안 아픈 손가락이 없고, 어떻게든 자식들 훌륭하게 키우는 데 최선을 다하셨건만 자식인 나는 어머니께 무엇을 해 드렸던가, 깊은 참회의 마음이 되는 것이다.

사실, 어머니께서 미국에 오셨을 때는 어머니도 나도 좋은 상태가 아니었다. 어머니는 오랜 아버지 병수발로 지칠 대로 지쳐 있었고, 내색하지는 않았지만 남편 잃은 슬픔을 고스란히 가슴에 안고 계셨다. 나는 나대로 미국에 들어와 고생을 많이 해서 그런지 감정이 메말라 있었다. 웬만한 걸 봐도 애절하거나 감정의 동요가 없었고, 닥친 일들을 해결하는 것이 급선무인 생활을 하다 보니 심하게 말하자면 독해져 있었다.

그러니 초기에는 살풋이 다정하게 해 드리지도 못했고, 나는 나대로 아내는 아내대로 바쁜 나머지 어머니의 미국 생활 적응에 따로 큰 도움이 되어 드리지 못했다. 게다가 미국 오셔서도 어머니의 마음고생은 끝난 게 아니었다. 한국에서 온 자식들이 미국 사회에 제대로 정착을 해야 하는데 초기에는 그렇지 못한 것을 많이 걱정하셨다.

미국으로 부르기는 했어도 내가 기반이 잡힌 상태가 아니니 동생들은 각자 취업을 위해 동분서주했다. 하루 일과를 마치고 취업정보를 들고 들어오면 나는 그 정보에 관해 여러 모로 판단해 조언을 하는 정도밖에 도움을 줄 수 없었다. 막연하게 '미국에 가면 길이 보이겠지' 하는 심정으로 미국행을 택한 동생들은 정착 초기에 육체적, 정신적으로 상당한 고통을 겪었다.

사정이 그러하니 그 과정을 하나부터 열까지 다 지켜봐야 하는 어머니의 심정은 또 오죽했겠는가. 그래서 계획한 것이 미국 여행이었다. 어머니와 동생들이 미국에 들어온 1979년, 우리 가정은 여행을 할 만큼 여유로운 형편이 아니었다. 하지만 오랜 아버지 병수발에 지치고, 자식들 걱정에 웃음을 잃은 어머니를 위로하고 싶어 큰마음 먹고 긴 여행을 떠났다. 어머니와 아이들, 우리 부부 이렇게 다섯이 함께 떠난 여행은 어머니와 우리 식구에게 아주 특별한 추억거리가 되었다.

자동차를 몰고 3주 동안, 캘리포니아를 시작으로 네바다주, 유타주, 콜로라도주, 아이다호주, 와이오밍까지 돌고 샌프란시스코를 거쳐 집으로 돌아왔다. 미국의 반을 돈 셈이다. 주로 국립공원을 돌아본 그 여행 동안 어머니는 정말 많이 행복해하셨고, 계속 운전을 하느라 피곤한 와중에도 여행을 즐기시는 어머니를 보는 게 참으로 즐거웠다.

나는 남자인 데다 공부한다고 서울로 미국으로, 어머니와 떨어져 산 세월이 길었기 때문에 그때까지도 어머니의 속사정을 잘 알지 못했다. 다만 아버지께서 "미국 가서 셋째랑 함께 살어." 하셨다니 한국 생활이 편치만은 않으셨나보다 그저 짐작할 수 있을 뿐이었다. 아버지께서 40대 후반부터 일이 없었고, 당뇨병까지 앓으셨으니 어머니의 고생은 말이 아니었을 것이다. 하지만 어머니는 그러한 당신 상황에 대하여 일체 말씀이 없는 분이었다.

그러니 어머니께서 여행하는 동안 행복해하는 모습을 보는 것 자체가 내게는 새로운 기쁨이었다. 노인 양반이 빡빡한 여행 일정에 웬만하면 '피곤하다 쉬어 가자' 하실 만한데도 전혀 그런 내색이 없었다. 이후로 생활하시면서도 어머니는 집안에 계시는 것보다 집 밖에서 활동하는 것을 더 좋아하셨다. 나는 그런 어머니를 보면서 '참 오랜 세월 하고 싶은 거 하나 못하시고 가정에 갇혀 사셨구나' 안타까운 마음이 되곤 했다.

어머니는 다른 노인분들과 달리 감정에 치우치기보다 이성적인 판단이 앞서는 분이었다. 그랬기에 미국에서 함께 사는 동안 우리 식구들은 큰 갈등 없이 평화롭게 살 수 있었다. 간간이 어머니와 아내 사이에 작은 갈등이 생기기도 했지만 이는 여느 고부 갈등과는 달리 한국식 사고와 미국식 사고의 차이에서 오는 것이었다.

어머니보다 미국 생활을 일찍 시작한 아내는 미국식 합리주의가 몸에 배어 있었고, 어머니는 대가족을 거느리고 사신 분이어서 합리성을 따지기 이전에 마음 씀씀이가 크고 넓었다. 그러니 함께 사는 초기에는 서로의 생각 차이를 이해하고 조율할 일들이 간간이 터졌고, 때마다 서로의 사고방식 차이를 설명 드리면 어머니는 바로 수긍하시고 노여움을 푸셨다.

여동생이 임신하고 있을 때 일어났던 어머니와 아내 사이의 갈등도 그런 종류의 것이었다. 현실적인 여건을 생각하는 아내와 임신한 딸을 곁에서 돌보고 싶어 한 어머니 사이에 작은 갈등이 일어났던 것이다.

미국에 들어와 결혼을 한 여동생 영란이는 결혼 후 곧 임신을 했다. 어머니는 딸이 임신을 했으니 입덧을 하는 동안만이라도 한국식으로 집으로 데려와 수발을 들고 싶어 하셨다. 하지만 이곳은 미국이니 며느리에게 딸을 집으로 데리고 오면 어떻겠냐고 의견을 물으셨다. 아내는 고민 끝에 안 된다고 말씀드렸다.

어느 날 저녁, 집으로 돌아오니 집안 분위기가 썰렁했다. 동생들이 달려와 낮에 있었던 일을 내게 알렸다. 며칠 전 아내에게 의견을 물었는데 아내가 오늘 어머니께 자기 의견을 말씀드렸던 모양이다.

아내는 아내대로 이불을 둘러쓰고 누워 있고, 어머니는 어머니대로 당신 방에서 끙끙 앓고 계셨다. 나는 어머니께서 상심이 크신 것 같아 아내에게 먼저 뭐라 했다. 하지만 생각해 보니 아내 입장에서도 쉽게 그러라 할 수 없는 사안이었다. 본인이 일을 하는 데다가 넓지도 않은 집에 남동생 식구들까지 여럿 머물러 있으니 여동생을 데려다 수발을 한다는 것이 현실적으로도 불가능해 보였다.

나는 '이번 일을 잘 해결해야 앞으로도 갈등이 줄겠구나' 싶어 고심 끝에 어머님을 뵙고 이렇게 말씀드렸다.

"어머니, 어머님이 일방적으로 원하는 대답을 갖고 아내에게 물어보신 겁니까? 아니면 데려오고 싶으니 그래도 되겠느냐고 의견을 물으신 겁니까?"

어머니는 "의견을 물어본 거지."라고 대답하셨다.

"그러면 집사람도 '그러지 않았으면 좋겠네요'라고 의견을 말할 수 있는 거네요."

어머니는 "그렇지."라고 수긍하셨다.

나는 뒤이어 어머니께 평소에 드리고 싶었던 말씀을 덧붙여 말씀드렸다.

"어머니, 여기는 미국입니다. 앞으로도 무엇을 물어보실 때는 답을 갖고 묻지 마시고 어머니 의견을 말씀하셔서 함께 의논을 하도록 하십시오. 그리고 어머니께서 제게 바라시는 모습은 제가 결혼하기 전의 한국에서의 모습입니다. 제가 한국에 있을 때는 혼자였지만 지금 저는 결혼을 했습니다. 지켜야 할 가족이 있습니다. 여기는 미국 땅인 데다 아직 확고히 자리잡지 못한 제 입장도 좀 이해해 주십시오."

그리고는 딸을 돕고 싶으시면 그 집으로 가서서 도와주시는 게 좋겠다고 말씀드렸다.

속으로는 서운하셨겠지만 어머니는 "그래, 알겠다. 네 말이 맞는 것 같구나."라고 대답하셨다. 그리고 이후로 그 부분에 대해서는 일체 더 말씀을 보태지 않으시고 틈틈이 영란이 집에 오가시면서 임신한 딸을 돌보셨다.

단 몇 시간 동안의 일이었지만 내 입장에서는 참으로 힘든 하루였다. 이 일을 통해 어머니는 아주 깔끔하게 미국식 사고방식을 받아들였고, 가정을 가진 장성한 아들의 입장도 충분히 이해해 주셨다.

나는 그날, 내친김에 동생들에게도 이와 비슷한 얘기를 했다. 동생들 또한 '서울에서 가끔 내려와 용돈을 넉넉히 주던 형'을 기대하고 미국에 왔을 테니 알게 모르게 나에 대한 불만이 쌓여 있었을 것이 분명했다. 서운해할 것을 알면서도 나는 지금 나의 입장을 밝히는 것이 앞으로 더 좋은 관계를 유지하는 데 도움이 될 거라 판단해 용기를 내어 말을 했다.

"너희들 또한 나에게 미국 가기 전의 모습을 기대하는 것 같다. 하지만 그때는 내가 혼자였고 경제관념도 없었어. 지금은 결혼을 해 나에게도 가정이 있고, 지켜야 할 사람들이 있으니 섭섭하더라고 나를 좀 이해해 다오."

물론 처음에는 모두들 많이 섭섭해했다. 자신들이 미국에 정착하는 과정에서도 형이 생각만큼, 기대한 만큼 도움을 주지 않는다는 생각에 그동안도 섭섭함이 쌓여 있었던 듯했다. 하지만 시간이 지나면서 모두들 나를 이해해 주었고, 어려운 시기에 미국으로 자신들을 불러 준 것에 감사하는 모습도 많이 보였다.

어떤 상황이었는지 잘 기억은 안 나지만 한 번은 정말 어머니께 섭섭한 마음이 되었던 적이 있다. 그때도 동생들과 관계된 일이었던 것 같은데 어머니는 나를 '가진 자식'으로서 당연히 동생들을 도와야 한다고 생각하시며 뭔가 큰 기대를 하셨던 것 같다. 그때 어머니는 이렇게 말씀하셨다.

"너는 그래도 가진 게 있고 쟤들은 없잖니?"

그 말씀을 듣고 나는 감히 어머니께 훈계 아닌 훈계를 조금 했다.

"어머님, 부모님은 자식에게 그런 말씀을 하면 안 된다고 생각합니다. 잘했는지 잘못했는지 객관적으로 가려 말씀을 해 주셔야지 있고 없고, 강하고 약하고 하는 것을 기준으로 옳으니 그르니 말씀하시면 제가 너무 섭섭합니다, 어머니.”

내 말이 끝나자 어머니는 한참 동안 침묵하셨다. 어머니의 침묵이 길어지면서 나는 점점 죄송한 마음이 되었다. 사실 어머니 입장에서는 있는 자식보다는 없는 자식이 마음에 걸리는 게 당연하고, 내 거 네 거 따지지 않고 서로 돕는 게 미덕인 세월을 사셨으니 어머니 말씀이 백 번 옳을 수도 있었다. 침묵을 못 참고 죄송하다 말씀드리려는 찰나 어머니께서 먼저 입을 여셨다.

“내가 없는 자식 도우려다 역으로 있는 자식을 차별하는 꼴이 됐구나. 그동안도 너한테 참 미안한 게 많았는데 이번엔 내가 큰 실수를 한 것 같다. 미안하다.”

솔직담백한 어머니의 말씀을 들으면서 나는 거의 울음을 터뜨릴 뻔했다. 어머니의 긴 침묵을 ‘나에 대한 서운함이 크시구나’ 지레짐작했는데 어머니는 그 침묵의 시간에 진정으로 당신의 사고방식과 행동을 반성하고 계셨던 것이다. 그 순간 나는 ‘우리 어머니는 다른 어르신들과는 참 다르구나. 내가 생각하는 것보다 한참 크신 분이구나’ 크게 감동을 받았다.

아버지를 생각하면 눈물이 고이지만 어머니를 생각하면 간간이 미소가 떠오른다. 누가 들으면 아들이라 역시 아버지가 더 가까운 모양이군 할지도 모르겠다. 하지만 내 생각은 좀 다르다.

어머니와는 미국에 함께 살면서 대화도 많이 나눴고, 미소가 떠오를 만큼 소소한 추억도 많이 만들었다. 또 형제들 모두 자리잡고 잘 사는 모습을 보여 드렸으니 불효한 느낌이 조금 덜할 뿐이다. 그래서 눈물이 아닌 미소로 어머니를 추억하고 그리워할 수 있는 것이다.

반면에 아버지와는 철든 이후 함께 산 세월이 없는 데다 말년을 편안히 모시지 못했다는 죄송스러움, 일찍 세상을 떠나신 데 대한 안타까움이 겹쳐 아버지를 추억할 때면 언제나 눈물이 묻어나는 것 같다.

아들아, 보증 사인 받으려면 계약서를 쓰려므나

이민 생활을 하는 사람들은 자녀 교육을 가장 중요하게 생각한다. 나 하나 잘 살자고 이민을 택한 게 아니기 때문에 자녀 교육에 온 힘을 기울이게 되는 것이다. 이민 1세대들은 '적어도 3대는 지나야 어느 땅에서든 뿌리를 단단히 내릴 수 있다' 는 것을 너무도 잘 알고 있다. 2세대의 교육은 그 사회의 주류로 편입하느냐 못 하느냐를 결정하는 중요한 지표가 되기 때문에 누구나 2세 교육에 목숨을 걸게 된다.

다행히 우리 아이들은 어려서부터 공부에 취미를 붙여 원하는 대학에 입학을 했고, 대학원까지 졸업해 미국의 주류 사회에 자리를 확고히 잡았다. 아들인 큰아이 김대웅(Robert)는 일리노이 주립대학에서 회계학을 전공하고, LA의 서던 캘리포니아 대학에서 대학원 과정까지 마친 후 워싱턴에서 회계사로 일을 하고 있다.

작은아이 김일선(Christine)는 UC 샌디에이고에서 바이오 엔지니어를 공부한 후 세인트 루이스 의과대학에서 본과 4년을 공부했다. 이후 캘리포니아의 UC 데이비스 의과대학에서 산부인과 레지던트 과정을 마친 후 그 대학에 남았다. 학과에서 제일 공부를 잘해야 대학에 남을 수 있는데 그 어려운 일을 해낸 것이다.

아이들이 이렇게 미국의 주류 사회에 착실히 진입해 제 몫을 하고 있으니 나와 아내는 "아이들 교육을 어쩌면 그렇게 잘 시켰냐?"는 말을 자주 듣는다. 그런데 거짓말 하나 보태지 않고 그 모두가 아이들 스스로 해낸 것이어서 따로 대답할 말이 없으니 난감해질 때가 한두 번이 아니다.

우리가 아이들에게 보태 준 것이 있다면 엄마, 아빠가 너무 바빠 아이들 스스로 자기 일은 자기들이 알아서 해야 하는 환경을 제공했다는 것이다. 엄마는 일을 하고 아빠는 늘 공부를 하고 있으니 아이들은 초등학교 때부터 스스로 밥을 차려먹고 학교에 다녔다. 시간이 나면 도서관에 가서 공부를 하고, 집에 돌아와서도 텔레비전을 보는 것이 아니라 아빠처럼 책을 들여다보는 게 전부인 생활을 하다 보니 자연스럽게 공부와 친해졌다.

물론 다른 부모들처럼 우리 부부도 아이들 교육 문제에 깊은 관심을 가졌던 것은 사실이다. 나나 아내 모두 미국에서 공부를 했으니 미국 대학의 시스템이나 사회 진출에 관련된 지식이 있어서 학과나 대학 선택 등에 대해서는 적절하게 조언을 했다. 특히 미국은 졸업을 제때에 하는 것보다 어떤 성적으로 졸업하는가가 매우 중요한 사회여서 아이들이 대학 생활을 하는 동안 성적 관리에 특별히 신경을 쓰도록 지도를 많이 했다.

하지만 공부를 하고 안 하고는 각자의 문제여서 여느 부모들처럼 "공부해라."를 입에 달고 살지는 않았다. 회계사 사무실을 할 때는 아들이 회사에 나와 사무적인 일을 돕도록 했고, 부업으로 하는 비디오 숍에서도 일할 기회를 제공했다. 물론 이 모두 그들이 선택한 아르바이트였고, 나는 일에 대한 정당한 급여를 지급했다. 미국의 아이들은 중고등학교 때부터 아르바이트를 하여 용돈을 벌어 쓰는 것이 당연한 일이어서 우리 아이들도 때마다 아르바이트로 자신들의 용돈을 충당했다.

어떻게 보면 사춘기 이후 부모의 도움 없이 스스로 알아서 일하고 공부하도록, 철저히 미국식으로 키운 것이 아이들 교육에 직간접적으로 큰 도움이 되지 않았나 싶다. 이민 1세대의 경우 자칫하면 부모의 편의에 따라 때로는 한국식으로, 또 때로는 미국식으로 아이들을 대하기 쉽다. 이렇게 되면 아이들의 사고 또한 편의에 따라 한국식, 미국식을 오락가락하며 비합리적으로 사고하게 되는 경우가 많다. 우리 부부는 그 부분을 크게 경계하여 일관성을 갖고 합리적인 사고로 아이들을 대하려고 많이 노력했다.

간혹 이런 합리적인 사고가 아이들에게는 매정하게 느껴질 때도 있었다. 하지만 그런 느낌은 잠시였고, 차근차근 생각을 해 보면 아버지의 의견이 합리적인 게 분명하니 아이들도 서운한 감정을 금세 풀고 내 의견에 동의했다.

아들이 대학원에 입학할 때 일어난 등록금 융자 보증사건도 그런 종류의 것이었다.

일리노이 주립대학에서 회계학을 전공한 아들은 캘리포니아로 돌아와 취업을 하려는 데 일이 잘 풀리지 않았다. 미국은 동부에 명문대학이 많은데 그중 일리노이 주립대학은 엔지니어 쪽과 회계학 분야가 미국에서 최상위인 대학이다. 그래서 아들이 회계학을 전공한다 했을 때 그 학교를 권했고, 다행히 성적도 좋아서 입학이 가능했다.

그런데 졸업 후 서부로 돌아와 취업을 하자니 곤란을 겪게 되었다. 이곳에도 알게 모르게 학연이 작용해서 캘리포니아 쪽 대학을 나오지 않은 탓에 원하는 곳에 취업할 수 없었던 것이다. 그러던 중 공부를 더할 욕심도 있고 해서 아들은 서던 캘리포니아 대학의 대학원과정에 입학하게 되었다.

그때 아이가 어떤 서류를 가져와 사인을 해 달라고 부탁을 했다. 서던 캘리포니아 대학은 사립학교라서 학비가 비쌌는데 그 서류는 등록금 융자를 하는 데 필요한 것이었다.

나는 "왜 사인을 해야 하느냐?"고 물었다. 아이는 "아버지가 보증을 서면 융자 이자가 아주 싸지는 내용의 서류예요."라며 사인을 부탁했다. 나는 한마디로 "No." 하고 거절을 했다. 그리고 거절의 이유를 간단하게 설명했다.

"만약 네가 아빠에게 'Yes'의 답을 얻고 싶으면 아빠의 사인으로 네가 받는 혜택과 불리한 점, 보증인에게 피해가 오는 점 등을 분명히 알고 분석해서 계약서를 작성해 와라."

이 말을 들은 아들은 화가 나서 말도 하지 않고 자기 방으로 쌩하니 들어가 버렸다. 그런 태도가 못마땅했지만 나는 하루를 기다렸고, 예상대로 아이는 화를 풀고는 다음 날 내게로 와 이렇게 말했다.

"아빠가 옳았어요. 이자는 조금 싸게 해 주면서 보증을 서는 사람은 제가 그것을 갚을 때까지 묶여 있어야 하더라고요. 자세히 살펴보니 무척 어리석은 제도에요."

지금도 아이들은 큰일이 있을 때 이런 식으로 모든 상황에 대한 분석을 끝낸 후에야 내게 의논을 청해 온다. 부모를 설득할 때도 감정이 아닌 이성으로, 합리적으로 설득해야 한다는 사실을 경험적으로 배워 알기 때문이다.

아이들이 대학 교육을 받을 때는 경제적으로 여유가 있었음에도 나는 아이들에게 학비를 대 주지 않았다. 미국의 아이들처럼 등록금을 융자받고 사회에 나가서 일을 해 스스로 그 돈을 갚도록 했던 것이다. 한 아이의 아버지가 된 지금까지도 아들은 대학원 때 받은 융자금을 갚고 있을 것이다.

딸아이 또한 대학에 입학할 때 당연히 등록금을 융자했다. 의과대학에 들어갈 때는 이전의 학비를 갚아 주었는데 이는 새로운 융자가 시작되기 때문이었다. 대학 졸업 후 사회에 진출한 것이 아니니 이중의 부담을 안고 공부하는 것이 힘들 것 같아 그렇게 한 것이다. 결혼을 할 즈음에는 그 융자도 갚아 주려 했으나 이번에는 딸아이가 그것을 거절했다.

"결혼을 하고 나면 친정 부모님께 뭘 해 드리고 싶어도 제대로 해 드리기 힘들 테니 그냥 제 학비는 제가 갚을게요."

그 말을 들을 때는 대견하기도 했지만 한편으로는 마음이 조금 무거웠다. 공부와 결혼 생활을 병행하는 게 얼마나 힘든지 누구보다 잘 알기에 안쓰러운 마음이 컸던 것이다. 더구나 의학 공부라는 것이 말처럼 쉬운 공부가 아니지 않은가.

딸아이는 어려서부터 주관이 뚜렷하고 목표를 정하면 꼭 해내고야 마는 성격이었다. 그 아이가 의학을 전공하겠다 했을 때 나는 사실 말리고 싶은 심정이었다. 공부하는 길이 멀고도 험한 데다 의사라는 직업이 결코 녹녹한 직업이 아니어서 "고생을 사서 할 필요가 있느냐."며 다른 길을 권하기도 했다. 하지만 딸아이의 결심은 확고했고 그 힘든 공부를 1등으로 마칠 정도로 최선을 다했다.

딸아이의 의견을 받아들이는 것이 그 아이를 존중하는 거라는 생각에 안쓰러운 마음을 접고 등록금을 스스로 갚도록 했다. 그 아이도 공부하는 데 든 20만 달러를 지금까지 착실하게 갚고 있을 것이다.

아내나 나나 대학 교육을 미국에서 받았고, 각자의 분야에서 열심히 뛰었지만 이민 1세대인 우리는 미국 사회에서 어쩔 수 없이 주변을 떠도는 위성 같은 존재일 수밖에 없었다. 그래서 우리 부부는 두 아이를 철저히 미국식 합리주의로 키우면서 또 한편으로는 '한국인으로서의 자긍심'을 북돋는 데 많은 노력을 기울였다.

이미 성인이 되어 미국에 온 우리와 달리 아이들은 미국에서 태어나고 교육을 받았기 때문에 겉모양은 한국인이어도 사고방식은 미국 아이들과 별반 다르지 않을 것이다. 그럼에도 불구하고 백인처럼 완전한 아메리칸이 되는 데는 시간이 필요한 게 또한 그 아이들의 운명이기도 했다. 우리 부부는 소수민족으로서, 열등감이 아닌 자긍심을 갖도록 아이를 키우는 게 다민족 사회인 미국 사회의 온전한 시민으로 길러내는 지름길이라 생각했다.

미국에 뿌리를 확고히 내리려면 하루라도 일찍 '뼛속까지' 미국인이 되는 게 낫지 않을까 생각할 수도 있다. 하지만 아이들이 '코리안 아메리칸', 즉 한국계 미국인이라는 자기 정체성을 갖지 않는다면 정작 소수민족으로서 차별을 받을 때도 스스로 '차별받고 있다'는 인식을 못하게 된다. 어떤 상황에서도 차별받지 않고, 미국의 주류 사회에서 제 역할을 충실히 해내자면 오히려 '코리안 아메리칸'으로서 뚜렷한 자기 정체성을 지녀야 하는 것이다.

그런 생각 때문에 나는 아이들이 어려서부터 우리 집안의 역사에 관해 많은 얘기를 들려주곤 했다. '나와 가족에 대한 자긍심'이 곧 한국인으로서의 자긍심과 통하기 때문이다.

벼슬에서 물러난 후에도 죽을 때까지 학문을 연구해 후대에까지 연구 과제를 남기신 이재 할아버지 얘기며 일제강점기 그 깊은 깡촌에서 서울까지 유학해 군수에까지 이른 증조할아버지 얘기를 들려줄 때면 아이들은 "오, 대단하다!"며 놀라곤 했다. 나는 옛날 얘기를 진지하게 듣는 아이들의 맑은 눈망울에서 '이 애들 또한 그분들 못지않게 신천지를 개척하는 훌륭한 인물이 되겠구나' 하는 희망을 보곤 했었다.

지금 우리 아이들은 그때 내가 봤던 희망에 가깝게 잘 살고 있다. 딸아이는 대학병원에서 산부인과 전문의이자 교수로, 사위는 변호사로 열심히 일하며 바쁘게 뛰고 있다. 아들은 워싱턴으로 자리를 옮겨 회계사로 일하는데, 며느리가 아이를 낳은 후 다시 공부를 시작해 그 부부도 아이 키우며 일하랴 공부하랴, 지금은 여유 없는 날들을 보내고 있다.

누군가 "고슴도치도 제 새끼가 예쁘다더니……."라며 자식 자랑이 심하다 해도 괜찮다. 넓디넓은 미국 땅에서 백인들과 경쟁해 이기자면 그들보다 두 배, 세 배의 노력을 해야 한다. 두 아이 모두 남들 놀 때 자신과 싸우며 각고의 노력으로 지금의 자리에 왔음을 알기에 나는 우리 아이들이 참으로 대견스럽다.

모두들 바쁜 나날을 보내고 있어 자주 만나지 못해 아쉽지만 그 아이들이 앞으로도 자기 분야에서 열심히 뛰면서 행복한 가정을 꾸려 갈 것임을 나는 믿어 의심치 않는다.

큰형님의 죽음 앞에 인생관이 바뀌다

1997년, 환갑을 갓 넘긴 나이에 큰형이 세상을 떠났다. 전혀 예상치 못한 죽음이었기에 형의 부고는 아버지의 임종과는 또 다르게 큰 충격으로 다가왔다.

형님은 돌아가시기 이틀 전 미국으로 전화를 걸어 "나 수술하러 들어간다."는 말씀을 남기셨다. 멀리 있어 병 상태를 정확히 알지는 못했지만 수술이 잘되기만 두 손 모아 기도했다. 그런데 그렇게 허망하게 돌아가시다니, 믿기지가 않았다. 부랴부랴 짐을 챙겨 한국행 비행기를 타면서도 나는 형의 죽음이 현실 같지가 않았다. 돌아가시기에는 아직 너무 이른 나이가 아닌가.

형님과 나는 철든 후 함께 살지 않아서인지 어린 시절만큼 살갑게 지내지를 못했다. 형은 형대로 한 가정의 가장으로서 녹녹치 않은 시절을 살았고, 나는 나대로 외지에서 공부하는 시간이 길어지면서 형제의 정을 나눌 새가 없었다. 더구나 미국 유학 시절 형에게 서운했던 일도 있고 해서 나는 나대로, 형은 형대로 서로 간에 무덤덤한 세월을 보내기도 했다.

미국에서 힘겹게 공부하던 시절 딱 한 번, 아버지께 편지를 드려 경제적인 도움을 요청했던 적이 있었다. 집안 사정도 안 좋고 형도 힘들었던지 형은 그 편지를 아버지께 바로 전하지 않았다. 당시에는 집안 사정이 어려운가보다 하고 넘어갔는데 나중에 그 사실을 알게 된 아버지께서 크게 진노하셔서 집안이 발칵 뒤집히는 사건이 벌어졌다.

형은 형대로 사정이 있었겠지만 사는 게 너무 힘들었던 나는 형이 참으로 원망스러웠다. 이후로 형이 얼마 남지 않은 아버지의 재산을 사업하느라 거의 써 버렸다는 사실을 알게 되었다. 그 순간 형에 대한 원망은 미움으로 바뀌었다. 말년에 마음고생이 심하셨을 아버지를 생각하니 형이 미워졌던 것이다.

그때 일이 미안했던지 1981년 아내와 함께 처음으로 형님 댁을 방문했을 때 형님은 내게 금일봉을 내밀었다. 그때까지도 마음이 안 풀렸던 나는 어리석게도 그 돈을 받지 않았다. 미안해하는 형의 마음은 헤아리지 못하고 내 자존심만 생각하며 "저도 이제 형편이 괜찮습니다."라며 완곡하게 거절을 했다. 너무 어렵던 시절의 일이어서 그랬는지 형에 대한 서운함이 그때까지도 쉽게 가시지를 않았던 것이다.

젊어서부터 사업으로 잔뼈가 굵은 큰형은 IMF 이전까지는 사업이 잘되어 경제적으로 꽤 윤택하게 살았다. 그런데 대한민국의 다른 사업가들과 마찬가지로 IMF 직전 사업이 고꾸라지는 바람에 집안 전체에 큰 폭풍이 일었다. 형 사업을 도우려 보증을 섰던 작은형 댁까지 그 폭풍이 밀어닥치는 바람에 형제가 함께 곤란한 상황에 빠져들고 말았다.

형은 이후 넘어진 사업을 어떻게든 일으키려 애를 썼지만 마음만큼 잘되지 않았다. 그러는 와중에 대한민국 경제는 IMF 구제금융을 신청하는 사태에까지 오고, 형은 병환을 얻어 세상을 하직하게 된 것이다.

형의 부고를 듣고 귀국하는 길은 지난 세월이 주마등처럼 스쳐 가면서 아주 착잡한 심정이 되었다. 형이 돌아가시기 전에 서운함을 풀고 화해하지 못한 내 자신이 어리석게 느껴졌고, 너무 일찍 돌아가신 형님이 안쓰러웠다. 임종 전의 아버지 모습까지 겹쳐지면서 한동안 눈물이 흘러넘쳐 주체를 할 수가 없었다.

그런데 한국에 도착해 형님의 주검을 눈으로 확인하는 순간, 형에 대한 원망과 미움, 나의 어리석음에 대한 반성 등 나를 착잡하게 했던 모든 것들이 하얗게 무(無)로 돌아갔다.

그렇게 허망할 수가 없었다. 사업이 무엇이고 돈이 무엇이기에 이토록 고귀한 한 생명을 저토록 고달프게 만들어 저세상으로 데려간단 말인가. 숨 한 번 끊어지면 다른 세상인 것을 뭘 그리 애닳아 하며 부귀영화에 매달려 한세상 살았단 말인가. 가슴이 메어져 숨이 막혀 왔다. 슬픔에 휩싸인 형수와 조카들이 너무도 안쓰러워 제대로 눈을 마주칠 수도 없었다.

형을 묻고 돌아오는 길, 나는 의식적으로 어떤 결심을 한 것도 아니면서 '앞으로의 내 인생은 지금까지와는 확연히 다르겠구나' 직감할 수 있었다. 형처럼 생각하고 형처럼 살아왔던, 이승에서 아둥바둥거리던 평범한 나의 삶도 함께 묻어 버리고 온 느낌이었다.

IMF 경제 위기로 형님은 경제적으로 넘어졌지만 미국에 경제 위기가 왔던 1990년에 나는 역으로 크게 일어섰다. 이민 1세대 중 상당수는 그때의 경제 위기를 넘기지 못하고 모아 놓은 재산을 한꺼번에 잃어버렸다. 누구보다 열심히 일을 해 돈을 벌었지만 경제가 어떻게 흘러가는지 감이 없었기 때문에 경제 위기가 오면서 재산을 지키지 못했던 것이다.

다행히 나는 끊임없이 미국 사회의 경제 동향을 읽고 공부를 해 왔기 때문에 그 위기를 잘 헤쳐나올 수 있었다. 오히려 위기를 기회로 삼아 7, 8년 열심히 일해 모은 종자돈으로 쇼핑몰을 하나 인수했다. 그리고 그 덕분에 경제적으로 크게 도약할 수 있었다.

사람들은 '위험하다' 는 말을 '도망가라' 로 알아듣지만 나는 일찍부터 그 말을 '위험하니 조심해서 가라' 는 말로 받아들였다. 위험하다는 말은 '피해 가라' 는 의미가 될 때도 있지만 '위험하니 조심하라' 는 단순 경고일 수도 있다.

모터사이클이나 패러글라이딩 등 나이 들어 하는 놀이 중에는 위험할수록 재미난 놀이가 많다. 위험하다고 그것들을 해 보지 않는다면 그 놀이가 주는 독특한 재미 또한 못 느낄 것은 뻔한 일이다. 나는 이 나이가 되어서도 놀이를 할 때조차 위험을 감수하며 시도한 놀이가 더 즐겁고 신이 나는 사람이었다.

쇼핑몰을 인수할 때도 사람들은 "위험하다." "때를 기다려라." 했
다. 하지만 나는 위험한 만큼 더 조심하고, 다방면의 분석을 통해 혹
시 모를 손해를 최소화하는 장치를 한 후에 인수를 결정했다. 그리고
그 판단은 적중해 이후 경제가 다시 살아나면서 쇼핑몰의 가치는 몇
십 배로 뛰어올랐다.

속사정을 모르는 사람들은 "재수가 좋았구나."라고 말하겠지만 긴
세월 경제 동향을 읽고 공부해 온 저력이 결정적인 순간에 빛을 발한
것임을 나 자신은 안다. 지금도 나는 아침에 일어나면 경제 뉴스와
증권시장을 둘러보고, 세계의 경제가 어떻게 돌아가는지 관찰하면서
경제적 감각을 잃지 않기 위해 노력하고 있다.

쇼핑몰의 가치가 높아지면서 나의 경제적인 수준도 함께 급상승했
다. 그럼에도 나는 형님이 돌아가시기 전까지는 부끄럽게도 '어떻게
하면 돈을 더 벌 수 있을까' 고민을 했다. 공부를 하면서, 또 종자돈
을 모으기까지 너무 고생을 해서 그런지 그때까지도 '이만하면 되었
다'는 생각이 따로 들지 않았다.

그런데 돌아가신 형님을 뵙는 순간 그런 생각이 일시에 멈추었다.
'이제 되었다' 싶었다. 아이들 교육도 끝나고 다들 독립해서 앞가림
잘하고 사는데 뭐 때문에 돈이 더 필요하단 말인가. 형님의 죽음 앞
에 서니 그동안 중요하게 생각했던 많은 것들이 무의미하게 느껴졌
고, '남은 인생이 살아온 날들보다 짧은 거구나' 하는 생각이 퍼뜩 머
리를 스쳤다.

그러면서 자연스럽게, 돈을 버는 일보다 쓰는 일이 훨씬 중요하게

다가왔다. 아무리 재산이 많다 해도 내 주머니에는 죽는 날까지 먹고 살 정도의 돈만 남겨 두면 될 일이었다. 부자라고 하루 네다섯 끼 먹고 사는 것도 아니고, 죽을 때 돈을 싸 짊어지고 갈 것도 아니지 않은가.

이전에도 '돈은 목적이 아니라 수단' 이라는 생각에 돈 버는 일에 목숨을 거는 인생을 살지는 않았다. 또 무조건 아끼기보다는 꼭 써야 할 곳에 낭비 없이 소비하는 습관을 들여 왔다. 하지만 여유가 있을 때조차도 돈이 잘 벌리지 않으면 불안했던 것 또한 사실이었다. 또 '나중에는 재산을 사회에 환원해야지' 막연하게 생각했을 뿐 구체적으로 재산을 어떻게 유용하고 죽을지 크게 고민하지 않았었다.

그러던 것이 형님의 죽음을 계기로 '지금은 어떻게 돈을 쓰느냐' 고민해야 할 때임을 깨달았고, 구체적인 방안들을 검토하기 시작했다. 여전히 경제 동향에 민감하고 증권시장을 둘러보는 게 일상이지만 이제는 돈을 더 벌기 위해서가 아니라 어떻게 하면 가치 있게 돈을 쓸까 고민하는 연장선에서 그런 일을 하게 되었다.

이후로 한국에 드나드는 일이 잦아졌다. 내 땅에 오고 싶어도 한때는 비행기값이 없어서, 또 때로는 일에 쫓겨 쉽게 오가지를 못했었다. 이제 그러지 않는다. 아내와 함께 여행도 자주 하고, 한국에 있는 가족이나 친구들이 그리울 때는 미국에서의 일을 처리한 후 적당한 시기를 봐서 일 년에 한 번쯤은 꼭 휴가 겸해서 날아온다.

평소에도 인생에서 가장 중요한 것은 '인간관계' 라 생각했기에 친구들과도 자주 만나고, 미국에 있는 형제들과도 한 달에 한 번은 꼭 부부 동반 모임을 갖고 즐거운 시간을 보낸다. 경제적인 여유가 없는 것도 아닌데 시간이 없다는 핑계로 미루기만 했던 여행도 자주 하고, 먼 나라에 있는 친구도 보고플 땐 한 걸음에 달려가 만나곤 한다. 형님 덕분에 마음의 여유를 찾아 인간관계가 더 풍요로운 말년을 보낼 수 있게 된 것이다.

변화가 온 것은 이런 개인적인 생활뿐이 아니다. 이제껏 모은 재산을 사회에 환원하는 방법을 구체적으로 모색하게 되었다. 나의 현재가 있기까지 오랜 세월 애를 쓰신 부모님의 은혜에 보답하는 길도 함께 고민했다. 오래전부터 종교 단체를 통해 제3세계 어린이의 교육을 위해 기부도 하고, 사적으로 어려운 상황에 처한 친구를 돕기도 했지만 이제 좀 더 체계적으로 재산을 사회에 환원할 방법을 찾게 된 것이다.

구체적으로는 형님 사후부터 부모님 이름으로 재단을 하나 설립할 계획을 세워 착실히 준비해 왔다. 이제 때가 다가와 조만간 재단 설립을 추진할 예정이다. 그 재단을 통해 어려운 환경 때문에 교육을 제대로 받지 못하는 여러 나라의 아이들을 후원하게 될 것이다. 간호사였던 아내는 어려운 노인을 위한 양로원을 여는 게 어떠냐며 의견을 내놓기도 했다. 그런데 할아버지나 부모님의 삶에서 배운 교육관을 생각하면 미래를 위한 장학사업에 재산을 희사하는 것이 아무래도 의미가 클 듯하다.

오래전부터 '부모가 자식에게 재산을 남기는 것은 독약을 주는 것과 같다'고 생각했기에 아이들도 우리 부부의 그런 뜻을 잘 알고 있다. 평소 재단 설립에 관해 여러 차례, 긴 시간 동안 함께 의논한 터라 아이들도 재단 운영을 돕겠다며 흔쾌히 나섰다.

네 형제가 미국으로 건너가고 큰형이 돌아가셨으니 한국 땅에는 이제 작은형과 미란이 부부, 큰형수가 남아 있다. 조카들도 이제 장성하여 대부분 결혼을 해 가정을 꾸렸다. 둘째 형은 큰형의 사업 실패로 어려운 상황에 처했다가 지금은 그래도 거의 회복해 잘 지내고 있다. 둘째 형의 큰아들은 미국으로 건너와 내 사업을 도우면서 자기 일도 건실하게 해 나가고 있다.

다른 형제들이 미국에 갈 때 미란이는 서울에서 대학을 다니며 고생을 참 많이 했다. 아버지도 돌아가신 데다 함께 살던 가족 모두 미국으로 가 버렸으니 혼자서 외지에서 얼마나 외로웠을지. 그 시절에는 너무 멀리 떨어져 도움을 주지 못하는 게 늘 미안하고 안타까웠다. 그래도 아이들 잘 키우고 지금까지 약사로서 현업에 종사하며 씩씩하게 살고 있으니 그저 대견하고 고마울 뿐이다.

가족주의 아닌 공동체 의식이 필요한 시대

우리 아들은 가끔씩 내게 "아빠는 사회주의자야."라고 말한다. 물론 농담으로 하는 말이지만 나는 그 말에 반박할 생각이 조금도 없다. 그 아이가 가진 사회주의의 개념을 명확히 알 수는 없으나 내가 생각해도 일면 나는 사회주의자이기 때문이다.

'사회주의' 라는 용어는 19세기 초 프랑스의 사회사상가 P. 르루가 처음 사용했다. 그는 이 용어를 '개인주의' 에 대립하는 개념으로 처음 등장시켰다. 자본주의 경제체제는 사적 소유와 자유경쟁을 수단으로 삼는 '경제적 개인주의' 제도라 할 수 있다.

19세기 말의 사회사상가들은 자본주의 사회의 여러 모순이 자본주의의 근본 원리인 개인주의 때문에 발생했다고 여겼다. 그래서 개인주의와 대립되는 사회주의라는 용어를 자본주의 경제체제의 반대 개념으로 사용했다. 사회주의 경제체제는 사회개조의 근본적인 방법을 생산수단의 사회적 소유와 계획경제에서 찾고 있다.

정치, 경제적인 의미에서가 아니라 '개인주의에 반대한다' 는 본래적인 의미에서, 나는 사회주의자이다. 물론 나도 개인주의를 무조건 반대하는 것은 아니다. 서로의 사생활을 존중하고, 타인에게 피해를 입히지 않도록 조심하는 본래적 의미의 개인주의는 적극 찬성하며, 우리에게 꼭 필요한 덕목이라 생각한다. 나도 그런 의미에서는 일면 개인주의자이기도 하다.

하지만 우리가 흔히 "저 사람은 개인주의자다."라고 할 때의, 자기만 알고 남의 일에는 관심조차 없는 '이기주의' 에 가까운 개념의 개인주의에는 반대를 한다. 반대할 뿐 아니라 옳지 않다고 생각한다. 더 나아가 그런 사고를 확대시킨, 내 가족만 잘 살면 된다는 식의 '가족주의' 또한 특히 한국 사회가 하루 빨리 벗어나야 하는 잘못된 사고라고 생각한다.

가족사를 쓴다고 부모님의 삶을 들여다보면서 그분들의 삶이 내게 준 게 참 많다는 사실을 새삼 깨달았다. 부모님뿐 아니라 할아버지를 비롯한 일가친척들 모두가 정말로 '김철' 이라는 한 개인을 이루는 '피' 였고 '살' 이었음을 크게 실감했다는 말이다.

무엇보다도 지금은 찾아볼 수도 없는 엄청난 대가족 속에서 자랄 수 있었던 게 참으로 고마웠다. 함께 사는 동안 일가친척들의 삶을 세세하게 들여다본 것은 아니지만 알게 모르게 그분들이 살아온 세월과 삶의 지혜가 내 것이 되어 있음을 잘 알기 때문이다.

글을 써내려 갈수록 내 사고의 참 많은 부분이 그분들의 삶에서 보고 배워 익혀진 거라는 사실을 더욱 또렷하게 느낄 수 있었다. 특히 개인주의적이지 않은, 타인과 나를 가르지 않고 함께 보듬는 그분들의 삶의 방식은 고스란히 내 것이 되어 아들에게 가끔 '사회주의자'라는 말까지 듣게 된 것이 아닌가. 공부는 때가 있다는 생각에 친구의 자식이나 처조카를 몇 년씩 데리고 있으면서 기꺼운 마음으로 학교를 마치도록 돌본 것도 다 부모님께 배워서 한 일임을 나중에야 깨달았다.

내 식구 남의 식구 가르지 않고 긴 세월 '더불어 사는 삶'을 몸소 실천하신 부모님의 삶의 방식 또한 선조들로부터 이어진 아름다운 유산이었을 것이다. 그런 것을 생각하면 '우리 조상들은 일찍부터 깨어 있었구나' 싶어 마음 깊은 곳에서 존경심이 우러난다. 21세기를 살아가는 우리에게 가장 필요한 덕목이 바로 선조들이 당연하게 실천해 온 '공동체 의식'이라 생각하기 때문이다.

아버지께서 오롯이 당신 가족만 생각했다면 외가댁 식구들을 그렇게 돌보지 않아도 될 일이었다. 그랬으면 더 크게 출세를 하거나 재산을 더 많이 모았을지도 모를 일이다. 할아버지께서 당신의 아들, 딸만 생각했다면 있는 재산을 다 털어 일가친척을 교육시키지 않아도 되었을 것이다. 그랬다면 명성만큼 재산도 꽤 축적할 수 있었을 테고, 그것으로 아버지와 큰아버지 모두 평생 잘 먹고 잘 살았을지도 모를 일이다.

하지만 두 분은 그렇게 하지 않으셨다. 내 식구만 챙긴 것이 아니라 사돈의 팔촌까지, 힘 닿는 대로 도움의 손길을 뻗쳤고 없는 와중에도 콩 한쪽까지 나누어 먹는 삶을 사셨다. 어머니와 외할머니 또한 그런 삶을 당연하게 받아들이시고, 일가친척은 물론 남의 식구들까지 품으며 불평 한마디 없이 힘든 세월을 건너오셨다.

누군가는 "가문을 중요하게 생각하는 보수적인 집안이어서 그랬을 거."라거나 "그래도 가진 게 좀 있었으니 그럴 수 있었겠지." 할지도 모르겠다. 하지만 나는 그분들이 그렇게 살 수 있었던 것은 그 누구보다 '공동체 의식'이 확고했기 때문이라 생각한다. 나 혼자만 잘 사는 삶이 아닌 함께 잘 사는 삶을 추구하는 게 인간의 도리(道理)라 믿었기에 그분들은 도리에 어긋나지 않는 삶을 살려고 노력하셨던 것이다.

나는 선조들보다, 부모님보다 더 많이 배웠으니 그분들의 삶의 방식을 좀 더 체계적으로 오늘날의 삶에 적용시키는 게 나한테 주어진 몫이 아닐까 하는 생각을 자주 한다.

앞에서도 말한 것처럼 21세기를 살아가는 우리에게 가장 절실하게 필요한 가치는 '공동체 의식'이다. 요즘 세대는 자본주의의 발달로 경제적으로는 부유한 삶을 살고 있지만 '사회 공동체의 혼(魂)'이 부족하다. 사회 공동체의 혼은 개인의 혼이 합해진 것인데, 그것이 부족하다는 것은 이 사회의 각각의 개인들이 정신을 놓고 산다는 얘기와도 통한다. 사회가 능률과 속도를 너무 강조하다 보니 실질적으로는 몸 따로 정신 따로, 균형을 잃어 가고 있는 것이다.

공동체의 가장 기본 단위는 가정이다. 일단 결혼을 하면 부부 두 명이 하나의 공동체가 된다. 그들이 자식을 낳고 가족이 생기면 가족이 또 하나의 공동체가 되고, 한 발자국 더 울타리를 넓히면 집안이 한 공동체가 되는 것이다. 작게는 가족과 집안, 친척, 마을이 공동체이고 크게는 국가와 세계가 모두 공동체이다.

그래서 우선은 내가 속한 가족 공동체가 서로 사랑하고 도우며 살아야 하고, 나아가 한 집안이 서로를 위하며 살아가야 한다. 이는 자기 가족만 잘 먹고 잘 살면 된다는 식의 가족주의와는 다른 차원의 얘기다. 나와 내 가족이 소중한 만큼 타인과 타인의 가족도 소중함을 알고 서로 도우며 살아야 한다는 얘기다. 이는 한 사회에서도 마찬가지이다.

출산율 저하로 고심하고 있는 한국 사회를 보자. 예전에는 여성이 감성적인 부분이 강해 자식을 낳고 키우는 일을 아주 당연한 의무로 받아들였다. 아이를 낳는 일은 여성만이 할 수 있는 일인 데다 모성애는 선천적인 것처럼 치부하는 사회적인 분위기를 감성적으로 그냥 따른 것이다.

하지만 이런 여자들의 속성도 점점 변해 이성적인 측면이 많이 강화되었다. 그래서 지금은 자기가 갖고 있는 능력과 환경을 고려해 과연 아기를 낳음으로써 내가 얼마만큼 희생해야 하는지를 판단할 줄 안다. 그러니 고생을 사서 하는 일은 점점 없어진다. 애 하나를 낳아서 1년 동안 보살피는 데 드는 시간과 정열, 경제적인 비용 등을 따져 자신에게 얼마만큼 손해인가 생각하게 되는 것이다. 출산율의 감소의 배경에는 이런 근원적인 사고 변화가 존재한다.

그렇다고 왜 사람들이 그렇게 계산적이 되어 갈까, 이기적이 되어 갈까 하며 변화 자체를 탓하는 것은 시대착오적인 발상이다. 여성이 이전과 달리 자기 권리를 찾게 된 것을 반갑게 수용하면서 문제의 해결 방법을 찾아야만 한다. 문제의 발생을 개인의 탓으로 돌릴 것이 아니라 사회가 발 벗고 나서서 아이 돌보기를 책임져야 한다는 말이다.

다음으로 공동체 속에서는 모두가 주인의식을 가져야 한다. 예를 들어 한 가족 내에서도 각자가 주인의식을 가질 때 그 가정은 행복할 수 있고 발전할 수가 있다. 이는 우리나라 경제가 어렵던 시절 가장이나 장남이 가정을 위해 자신을 희생하던, 그런 식으로 살자는 얘기가 아니다. 가족 전체가 주인의식을 갖고 서로의 삶을 발전적으로 이끌 때 그 가정은 더욱 행복하게 살아갈 수 있다는 말이다.

이는 더 큰 공동체, 즉 마을이나 국가, 세계로 확대해도 마찬가지로 적용되는 논리이다. 우리 마을만 잘 되면 되는 것이 아니라 이웃 마을도 잘 되어야 하고, 우리 나라만 잘 살면 됐지가 아니라 이웃 나라도 잘 살 수 있는 길을 서로 모색해야 한다. 근래 들어 환경문제를 전 세계가 공유하고 해결책을 함께 모색하는 것도 인류 공동체 의식이 서서히 자리잡아 가는 증거라 할 수 있다.

나는 이미 나이가 들어서 가정에서나 사회에서 활동할 수 있는 영역도 예전만큼 넓지 않다. 그럼에도 불구하고 나이 먹은 사람으로서 할 수 있는 일이 무엇인가 찾아볼 때 가장 크게 떠오르는 것이 '공동체의 주인의식을 고취시키는 데 일조하자'는 생각이다. 공동체의 혼을 경험한 세대로서 다음 세대에게 그것을 보여 주고 전해 주는 것만큼 근사한 선물은 없을 것 같다.

그 방법의 일환으로 집안 내에서 내가 실천하고 있는 일은 가족 모임을 자주 갖는 것이다. 미국에 있는 형제들은 서로 멀리 떨어져 살지만 적어도 한 달에 한 번은 꼭 모여서 함께 식사하며 한 달간 살아온 얘기를 나누며 즐거운 시간을 보낸다. 십 년 전쯤에는 형제들끼리 회비를 모아 작은형네 부부와 외숙, 병모 형을 미국으로 초청해 함께 여행을 하기도 했다. 큰형님이 돌아가신 이후로 한국에 자주 드나드는 것도 한국에 있는 형제, 조카들과 계속적으로 관계를 유지하며 서로 도울 일은 돕고 나눌 일은 나누기 위함이다.

개인적으로는 우리 아이들도 우리처럼 친족 간에 서로 오가면서 유대 관계를 돈독히 유지했으면 좋겠다. 하지만 그들은 우리 세대와는 다른 사고를 갖고 있어서 쉽게 그럴 수 있을 것 같지가 않다.

그 때문에도 나는 부모님께 헌사하는 장학재단을 만들어 운영하려고 한다. 내가 보고 자란 '공동체 의식'을 좀 더 확대하여 우리 가정이나 집안을 뛰어넘어 사회적인 일로 발전시키고 싶다. 부모님은 전통적인 틀을 벗어나지 못했지만 좀 더 배운 나는 그보다 발전된 차원에서 좀 더 체계적으로, 지속성을 갖고 '더불어 사는 삶'을 실천하려는 것이다. 그것이 나를 낳고 길러 주신 부모님의 은혜에 보답하는 최선의 길이 아닐까 싶다.

또한 이 일은 지금의 나를 있게 한 할아버지와 할머니, 그 외 수많은 분들의 땀과 지혜를 후대에 전하는 길이기도 할 것이다. 우리 할아버지께서 그 깊은 시골 골짜기를 박차고 나와 신학문을 공부했기에 지금의 내가 있다. 나 또한 이런 일을 실천함으로써 우리를 잇는 다음 세대가 우리보다 더욱 발전된 미래를 살아갈 수 있기를 희망한다.

그렇게 되면 그들 또한 다음 세대를 위해 또 다른 초석을 깔아 놓는, 선구자적인 삶을 살아가게 될 것임을 나는 굳게 믿는다.

분단 시대의 가족사 쓰기
—김철 선생의 『40년 묵은 약속』에 부쳐

정근식
(서울대 사회학과 교수)

우리는 왜 자서전이나 가족사를 써야 하는가

우리 주변에는 자신이 살아온 구구절절한 이야기들을 털어 놓고 싶어 하거나, 아버지나 어머니의 힘들고 원통하게 살았던 이야기를 글로 쓰고 싶은 사람들은 많이 있지만, 실제로 우리 주변에서 자신의 진솔한 이야기를 잘 엮어 놓은 책들을 만나기는 쉽지 않다. 우리 사회에서 지금까지 자서전을 쓴 사람들은 엄청나게 출세하거나 성공한 사람들이 대부분인데, 그들의 책을 읽어 보면 유감스럽게도 너무 꾸밈이 많고, 또 누군가가 대필한 듯한 느낌을 주어서 감동이 적다. 그래도 들어 볼만한 사람들의 이야기는 자전적 소설 형식으로 출판된 유명 소설가들의 이야기인데, 이들은 작가가 실제로 겪었던 것과 꾸며 낸 것을 구별하기가 쉽지 않아서 문학적 감동은 있을지언정 역사적 증언성은 떨어진다.

나는 어머니에 대한 추억, 이웃이나 가족들에 얽힌 이야기들을 술술 잘 풀어냈던 우리 시대의 이야기꾼 박완서 선생을 작고하기 얼마 전에 한 초청 강연회에서 뵌 적이 있다. 청중들이 왜 글을 쓰는가라고 질문하자 선생은 자신이 젊었을 때 겪었던 억울한 것들, 또는 자신에 몹쓸 짓을 했던 사람들에게 복수하기 위하여 글을 쓰기 시작했고 그것이 소설이 되었다고 답하였다. 나는 이 답을 듣고 흠칫 놀랐지만, 그 복수심에는 지나간 날에 대한 애정과 그리움이 가득 묻어 있었다.

한국 사회에서 진솔한 자서전이나 가족사가 별로 없는 이유는 무엇일까. 아마도 글줄이나 쓸 줄 알았던 사람들은 나라가 망하고 일본인들 밑에서 굴종적으로 살아왔다는 자격지심을 가지고 있었을 것이고, 나라가 남북으로 갈라지고 그것도 부족하여 같은 민족끼리 치고 박고 서로 싸웠던 시절에는 자신을 드러내는 것 자체가 생명을 위협하는 일이었기 때문에 자신의 이야기를 쓰지 않았을 것이다. 한국의 현대사는 격동의 연속이었고, 압축적 발전이라고 부르듯이 삶의 양식은 거의 완전히 변화하였다. 그러나 그 저변에는 사람 목숨을 파리 목숨처럼 취급했던 무한 권력과 여기에서 살아남기 위하여 끈질기게 버텨 온 사람들의 고통이 있다. 어디에 호소할지 모를 정도로 억울한 삶을 살았던 사람들은 대부분 글을 모르거나 자신의 이야기를 들어 줄 문화적 공간을 갖지 못했다. 상당히 많은 사람들이, 자신을 드러내면, 자식들에게 피해가 갈지 모른다는 강박을 느끼고 살았다. 그래서 우리 사회는 의외로 아버지의 비밀을 자식이 모르는 경우가 많은 세대 간 단절의 사회가 되었다.

우리의 내밀한 글쓰기는 '국민' 학교 때의 일기 쓰기에서부터 시작되었지만, 불행하게도 선생님이 일기를 검사하는 정치체제 하에서 일기란 의례적인 숙제일 뿐 제대로 자신을 드러내거나 자신을 비추는 거울이 아니었다. 또한 무서운 국가권력이 언제 들이닥쳐 자신의 비밀스러운 이야기를 적어 놓은 노트나 일기를 들고 갈지 모르는 상황에서 진솔한 가족사를 쓰라는 것도 무리였다. 그래서 우리 사회는 자신이 겪은 고통이나 보람을 역사와 사회에 드러내지 못하고 무덤까지 갖고 가는 빈약한 자기 고백의 문화를 가지게 되었다.

자기 고백은 근대성의 중요한 징표이다. 사회적으로 보면, 누군가의 눈치를 보지 않아도 될 만한 세상이 되어야 자기 고백이 가능해진다. 강제된 자기 고백으로서의 자백은 그것의 반대편에 있다. 자기 고백이 아닌 자백만 있는 사회는 경찰국가의 특징이다. 이런 국가는 사람들을 살아 움직이게 하기보다는 겨우 목숨만 부지하는, 살아 있으되 살아 있는 것이 아닌 가사의 상태를 지속시킨다.

이런 점에서 자신의 내면 깊숙이 비밀스럽게 간직해 온 비밀스러운 이야기를 털어놓는다는 것은 개인적으로 결단과 용기가 필요한 일이다. 침묵했던 사람들이 목소리를 낸다는 것은 그 자체가 변화의 조짐이고 민주주의로 가는 길이다. 또한 인간적 존엄성을 지키면서 살기가 무척이나 힘들었던 만큼, 우리의 삶을 문화적으로 다듬어 가는 길이기도 하다.

우리는 지난 10년간 즉, 김대중, 노무현 두 대통령 시절에 마음 놓고 소통을 하던 사회를 만든 적이 있다. 국가권력을 욕하고도 아무렇지도 않았고, 심지어 대통령을 공개적인 자리에서 비난하고도 괜찮았다. 누구의 눈치를 보지 않고도 뜻만 있으면 분단의 경계를 넘어 북한 사회를 구경하기도 했다. 그러나 국가권력의 눈치가 보여 말하고 싶어도 말하지 못하는 시절은 다시 돌아오기도 한다.

우리 사회에서 털어놓기 어려운 가장 비밀스런 이야기들은 몇 가지 범주로 구분된다. 첫째는 자신의 출생, 특히 신분에 관한 것이고, 둘째는 친일과 독립운동을 동시에 해야 했던 사람들의 경험이며, 셋째는 전쟁 통에 좌와 우를 동시에 할 수밖에 없었던 사람들의 가족사이다. 사회가 민주화되고 인간다움을 회복하게 되면, 이런 비밀의 영역은 축소되고 좀 더 자유로운 소통이 가능해진다. 공감의 문화가 확산되는 것이다.

삶의 원초적 고향, 어렵던 시절의 기억의 역사

나는 오랫동안 나에게 캄보디아나 스리랑카, 그리고 동남아시아의 여러 어려운 나라들에 관하여 깨우쳐 주는 서유진 선생을 통하여 김철 선생을 만났다. 김 선생이 어렵게 어렵게 가족사를 썼으니 읽어 보라는 것이었다. 김철 선생은 1942년생으로 전주고등학교와 서울대학교 농경제학과 대학원을 졸업하고 미국에 유학한 후 회계사로 활동한 고향의 선배이다. 일제 말기에 태어난 세대들이 다 그렇듯이 해방과 전쟁 사이에 초등학교를 입학했고, 어렸을 때 영문도 잘 모르는 전쟁을 겪었으며, 젊은 시절을 박정희 시대에 보냈다. 부모들에게는 무엇인지 말 못할 아쉬움이 있고, 자식들에게는 옛날의 아픔을 이야기해 주고 싶은 욕망을 가진 사람들이다.

김철 선생의 『40년 묵은 약속』은 한편으로는 아버지와 아들 간에 이루어진 무언의 약속, 또는 아버지에 대한 미안함 또는 속죄 의식의 표현이며, 다른 한편으로는 동족상잔의 와중에서 숱하게 희생된 외가에 대한 그리움의 고백이기도 하다. 책 전체로 보면, 친가보다는 어릴 적의 향수가 짙게 배어 있는 외가에 대한 연모의 노래가 더 많다.

그의 조부는 1878년 정읍에서 태어나 1908년에 법관 양성소를 졸업하고 전주에서 재판소 생활을 하였으며, 1927년 순창 군수, 1930년 고창 군수를 역임하고 퇴임한 일제 하의 관료였다. 그의 부친은 1915년생으로 전주고보를 거쳐 중동학교를 졸업했으며 일제 하에서 정읍의 면서기로부터 시작하여 해방 후에는 전북도청에서 오랫동안 공직 생활을 하였다. 그의 백부는 1912년생으로 전주고보 맹휴사건으로 고창고보로 전학한 후에 경성법전을 졸업하였다. 해방 후에는 지방 검찰청의 검사였고, 여러 곳의 지청장을 지냈다.

그의 외가는 고창 성내면 조동리의 구슬마을이었다. 이 마을은 18

세기 말 호남의 유명한 실학자인 이재 황윤석 선생의 자손들로 이루어진 동족촌이었다. 인근에는 근촌 백관수 선생이 태어난 수원 백씨 동족촌과 인촌 김성수 선생이 태어난 울산 김씨 동족촌이 가까이 있다. 이 세 마을은 모두 고창의 유명한 반촌들이지만 한 마을은 우익으로, 한 마을은 좌익으로, 그리고 한 마을은 반반으로 운명이 갈렸다. 그의 큰외숙은 1912년생으로 보성고보를 거쳐 일본 전수대학에서 유학을 했고, 사회주의사상에 큰 영향을 받았다. 그는 해방 후 고향에서 면장을 하다 남노당에 가입하여 지하활동을 했으며, 체포되어 형무소에 수감되었다가 6.25전쟁이 발발하면서 공주형무소에서 학살당했다. 나이 차가 많은 그의 막내 외숙은 1930년생으로 한국전쟁 때 인민군 치하에서 마을 청년들과 함께 활동하다 회문산의 빨치산이 되었고, 다시 고향에 돌아와 자수를 한 사람이었다. 그의 외사촌 형, 그러니까 큰외숙의 장남은 의용군으로 참전했다가 포로가 되었다. 그가 거제도 포로수용소에 수용되었을 때 김철의 백부가 포로들을 심문하고 분류하는 공안 검사였고, 그 때문에 풀려날 수 있었다.

그는 이 책에서 한국전쟁을 전후하여 국가 형성 세력으로서의 관료였던 친가와 좌익 활동을 한 외가 사이에서 자신이 보고 겪었던 격동의 역사를 담담히 적고 있다. 해방 후부터 한국전쟁이 끝날 때까지 두 집안은 사회적으로는 서로 다른 정치적 이념을 가진 집단에 속했으나, 비공식적 세계에서는 서로 도움을 주고 도움을 받는 그런 관계였다. 우리 주변에서 흔히 있었던 그러나 말하기 쉽지 않은 가슴 아픈 이야기들이다. 그는 1950년 7월 고창 지역에 인민군이 내려오기 직전, 성내면 언덕 너머에서 보도연맹원에 대한 학살을 목격하기도 하였고, 1952년에는 그의 외가에 숨어 있던 유격대원이 자폭하는 것을 목격하기도 하였다. 그는 외가의 영향을 많이 받았고, 외숙이나 형들에 대한 그리움이 책 곳곳에 짙게 배어 있다.

그는 나에게 이 책을 쓰게 된 동기를, 한편으로는 부모 세대에 대한 그리움, 다른 한편으로는 자식 세대에 대해 무언가 전달하고 싶은 작은 희망이라고 말했다. 아버지가 자식에게 할아버지의 이야기를 전달해 주지 않으면, 아들은 할아버지에 관해 전혀 모르게 된다는 노파심은 누구에게나 있다. 그러나 막상 자기나 자기 부모가 겪었던 경험을, 말하기 힘든 비밀까지 포함하여 풀어 가려고 했을 때 새로운 어려움이 가로막는다. 하나는 어디까지 밝혀야 할지 갈피를 잡기 어렵다는 것이고, 다른 하나는 실제로 일어난 일이나 부모 세대가 지닌 비밀들에 관해 어렴풋이 짐작할 뿐 정확히 알지 못한다는 당혹감이다. 그때그때의 일들을 꼼꼼히 적어 놓은 기록도 없고, 일이 생겼을 때마다 부모에게 꼬치꼬치 물었던 것도 아니므로 당연하다고 할 수 있다. 어쩌면 우리의 일상 자체가 그렇게 조직되는 것인지도 모른다. 이 때문에 김철은 자신의 가족사를 쓰기 위하여 꼬박 1년 이상을 소비해야 했다. 아직 살아 있는 친척이나 가족들을 만나 기억을 더듬어야 했고 또 어떤 것은 끝내 명확한 자료를 구하지 못하여 어림짐작으로 쓰지 않을 수 없었다. 그래서 드라마 시나리오로 할까도 생각했다.

이 책은 엄밀하게 말하면, 그의 완전한 고백이라기보다는 약간은 불완전한 고백이다. 자신이 대학에서 또는 대학원에서 어떤 생각과 활동을 하였으며, 왜 미국으로 유학을 떠나 미국에 정착하게 되었는가에 관하여 충분히 말하지 않았다. 그는 서울대학교 농과대학에서 공부하면서 한국의 역사와 사회에 관하여 많은 고민을 안고 살았다. ROTC 장교로 군 복무를 할 때 신영복 선생이 찾아온 적도 있고, 대학원에서는 한국의 유명한 농업경제학자였던 김준보, 김문식 선생의 제자로 제2차 경제개발계획을 짤 때 젊은 실무 보조자로 활동한 경력이 있다. 1968년 대학원 2학년 재학시 통혁당 사건이 발생하였고, 중앙정보부에서 며칠 간 조사를 받기도 하였다. 이 사건이 그의 인생의 전환점이 되었다고 한다.

세계적으로는 탈냉전이 이루어졌으나 한국에서는 여전히 분단 냉전의 그림자가 짙게 드리운 오늘날의 한국 사회에서 과거에 대한 고백은 불완전할 수밖에 없지만, 이런 고백들이 하나하나 모여 밝음이 온다.